은혜상관 마내아들

은해상단 막내아들 17

초판 1쇄 발행 2024년 10월 28일

지은이 ㅣ 향란
발행인 ㅣ 최원영
편집장 ㅣ 이호준
편집디자인 ㅣ 박민솔
영업 ㅣ 김민원 조은걸

펴낸곳 ㅣ ㈜ 디앤씨미디어
등록 ㅣ 2002년 4월 25일 제20-260호
주소 ㅣ 서울시 구로구 디지털로32길 30 코오롱디지털타워빌란트 1301-1308호
전화 ㅣ 02-333-2513(대표)
팩시밀리 ㅣ 02-333-2514
E-mail ㅣ papy_dnc@dncmedia.co.kr
블로그 ㅣ blog.naver.com/gnpdl7

ISBN 979-11-364-5648-9 04810
ISBN 979-11-364-4602-2 (SET)

※ 저자와 협의하여 인지는 붙이지 않습니다.
※ 이 책은 ㈜ 디앤씨미디어(파피루스)가 저작권자와의 계약에 따라 발행한 것으로 본사와 저자의 허락 없이는 어떠한 형태나 수단으로도 내용을 이용할 수 없습니다.

17

향란 신무협 장편소설
PAPYRUS ORIENTAL FANTASY

은해상단
막내아들

PAPYRUS
파피루스

84장. 영영원(榮寧園) ·········· 7

85장. 소궁주 ·················· 81

86장. 북해빙궁에서 온 서신 ········ 125

87장. 귀매장시(鬼魅場市) ········ 197

88장. 설풍궁은 멸문하지 않았다 ····· 297

84장. 영영원(榮寧園)

영영원(榮寧園)

"저곳이 저희 은해상단의 북경지부입니다."
마차 옆에서 서우 무사의 목소리가 들렸다.
우리는 산동을 떠나 다시 북경에 도착했다.
물론 곧바로 호북에 있는 은해상단의 본단으로 가도 되지만, 북경에서의 일을 마무리해야 했기 때문이다.
그리고 부모님도 좀 쉬시고.
아무리 마차를 타고 이동하는 게 편하다고 해도, 이동한다는 것 자체가 힘든 일이란 말이지.
"규모가 상당하군요."
"와……."
"겁나게 크네?"
용응완 선장의 감탄에 이어 다른 이들의 감탄도 들렸다.

용 선장이 데려온 인원은 거의 오십여 명이나 되었다.

제법 많아 보이지만, 큰 배를 띄우는 데 필요한 각자의 역할을 생각하면 그리 많은 것도 아니다.

큰 배를 운용하기 위해서는 그만큼 많은 이들이 필요했기 때문이다.

그리고 우리는 배를 한 척만 운용할 것도 아니니까.

이번에 용 선장이 데리고 온 이들 중에는, 용 선장을 설득했다는 선원도 있었다.

이름은 송죽.

나는 그를 보자 내심 깜짝 놀랐었다.

그는 내 이전 삶에서 용 선장의 오른팔로 활동하던 항해사였기 때문이다.

그의 특기는 별을 읽는 것.

별을 읽어 방향을 잡을 수 있고, 날씨도 예측할 수 있는 능력이 있었다.

아무튼, 우리 은해상단의 해상 교역은 시작부터 순조롭게 풀리고 있었다.

"어서 오십시오."

우리가 북경지부에 도착하자 지부장이 우리를 맞이해 주었다.

"수고 많았네."

"고생 많으셨습니다."

우리의 말에 그는 포권하여 고개를 숙였다.

"별 말씀을 다 하십니다. 어서 안으로 드시지요."

그렇게 우리는 북경지부 안으로 들어갔고, 용 선장과 일행의 숙소를 마련해 줄 것을 부탁했다.

"소단주님."

그때 나에게 다가오는 한 여인.

자령 소저, 아니 서향 소저다.

"잘 다녀오셨나요?"

"아, 네."

"다행히 많이 피곤해 보이지는 않으신 듯하네요."

그녀의 물음에 나는 고개를 끄덕였다.

이제 이 정도 여행으로 힘들 정도는 아니니까.

하지만, 방금 나는 고개를 끄덕이지 말아야 했다.

실수였다.

"그럼……."

나는 아차 싶었지만, 이미 물 건너간 일이었다.

"지금 가셔서 서류 검토 및 결재 부탁드립니다."

서향 소저의 뒤에서 현풍국의 여창의 부국주가 주먹을 꽉 쥐며 표정으로 환호했다.

나는 마지막 희망을 담아 간절히 물었다.

"지금 가야 합니까?"

"물론, 먼 길을 오자마자 일하셔야 하는 소단주님의 상황이 마음 아프지만, 어쩔 수 없는 상황이라는 것도 있다고 생각합니다."

"지금이 그 어쩔 수 없는 상황이라는 거겠죠?"

"네."

단호하네.

"도련님, 어서 가 보시는 게 좋을 듯합니다요."

팔갑의 말에 나는 상처받은 표정으로 그를 보았지만…….

"어쩌겠습니까요? 그러니까 책임자 아니겠습니까요?"

할 말이 없었다.

.
.
.

밀린 서류를 검토하고 결재하고 나니 어느새 해가 져 있었다.

"이제 남은 건……."

그건 그동안 도착한 서신들.

나는 그 서신들을 살펴보았고…….

"어?"

바로 읽어봐야 할 서신 하나가 있었다.

귀주성 포정사께서 보내신 서신이다.

나는 얼른 그 서신의 봉한 것을 뜯었다.

[황궁에 정기 보고를 위해 북경에 가게 되었다네. 십이월 초에 도착할 예정이라네.]

십이월 초? 오늘이 십이월 첫날인데?

그 말은 이제 곧 귀주성 포정사가 오신다는 거다. 그러면······.

나는 고개를 들어 서향 소저를 보았다.

"왜 그러세요?"

"귀주성 포정사께 온 서신입니다."

"······!"

서향 소저의 눈동자가 커졌다.

"조만간 방문하실 듯합니다."

내 말에 그녀의 눈이 곱게 휘어졌다.

"그럼 조만간, 눈이 오겠네요."

이에 관련된 미래를 본 모양이네.

.
.
.

나는 저녁을 먹은 후, 아버지의 집무실로 향했다.

북경지부에는 상단주를 위한 집무실도 만들어져 있기 때문이다.

"아버지. 저 서호입니다."

"들어와라."

나는 아버지의 집무실로 들어가 인사를 드렸다.

"그래, 무슨 일이냐?"

"조만간 귀주성 포정사께서 방문하실 듯합니다."

"귀주성의 포정사라면······."

아버지께서 물으셨다.

"서향 소저는 이에 대해 알고 있느냐?"
"네. 제가 말해 줬습니다."
"그렇구나."
잠시 생각하시던 아버지께서 말씀하셨다.
"다른 이들이 엿들을 수 없는 장소가 인근에 있단다. 포정사 대인을 모시고 잠시 인근에 나들이라도 다녀오도록 해라. 네 부관과 같이 다녀오면 좋겠구나."
아버지의 말씀 속에는 두 사람을 위한 배려가 가득 담겨 있었다.

.
.
.

며칠 후 서신 하나가 도착했다.
귀주성 포정사가 북경에 도착했다는 내용이었다.
나는 미리 적어 둔 답신을 건네며 말했다.
"부디 소상의 청을 거절하지 않아 주셨으면 합니다."
"네, 그리 전하겠습니다."
그리고 내 답신에 대한 답은, 그날 저녁 도착했다.
그 답을 읽은 나는 서향 소저를 불렀다.
"곽 부관."
"네. 소단주님."
"내일은 귀주성 포정사와 잠시 만남을 가질 예정입니다. 저와 동행하도록 하세요."
"알겠습니다."

대답하는 그녀의 목소리에는 설렘이 가득했다.

다음 날 아침.
우리는 마차를 타고 인근의 한 산으로 향했다.
정확하게 말하면 산의 끝자락인데 오솔길이 이어져 있고 풍광도 좋아 산책하기에 좋은 곳이다.
아버지가 추천해 주신 곳이기도 하고.
그곳으로 다가가자, 주변을 경계하고 있는 병사들이 보였다.
귀주성 포정사는 직위가 높기도 하지만, 그가 황족이기 때문이다.
그런 걸 감안해도 좀 과하게 삼엄한 거 같은데…….
그리 생각하다가 내 옆의 서향 소저를 생각하고는 고개를 끄덕였다.
부녀간의 만남을 방해받지 않고 싶은 마음이시구나.
마차에서 내린 우리는 입구 쪽으로 걸어 들어갔다.
"어서 오십시오."
"또 뵙습니다. 그간 강녕하셨습니까?"
귀주성 포정사의 호위를 담당한 연격 백호가 우리를 맞아 주었다.
"네. 그런데 옆의 분은?"
현재 서향 소저는 멱리를 쓰고 있기에 연격 백호는 그녀를 알아보지 못했다.
"제 부관입니다. 서신으로 함께 뵙는 것을 허락받았습

니다."

허락을 받았다는 말에 그는 서향 소저를 안으로 들여보내 주었다.

그녀는 아무 말 없이 나를 따랐다.

나는 걸어가면서 뒤를 힐끔 살폈다.

설마, 알아차리지는 않았겠지.

그렇게 계속 걸어가자, 정자 하나가 보였고 그 위에 한 중년인이 서 있었다.

귀주성 포정사다.

우리는 그곳으로 향했고, 나는 공손하게 예를 갖추었다.

"소상 은서호, 포정사 대인을 뵙습니다."

"그래. 만나서 반갑네."

나는 옆을 보며 고개를 끄덕였고, 그녀는 머리를 살짝 들어 보였다.

그 얼굴을 본 포정사의 눈시울이 붉어졌다.

서로 말은 하지 않았지만, 부녀간의 애틋함은 그대로 와 닿았다.

아, 나도 괜히 눈시울이 붉어지네.

"아…… 큼큼, 앉게나."

"감사합니다."

우리는 정자 위에 마련된 탁자를 사이에 두고 마주 앉았다.

포정사는 화로 위에서 데우던 주전자를 들고 직접 차를

따라 주었다.

혹시나 해서 시녀도 들이지 않았기 때문이다.

"그래, 잘 지내고 있는가?"

"네."

"그런데…… 부관이라니?"

그의 눈초리가 살짝 가늘어졌다. 저 앞에서 한 이야기를 들으신 모양이다.

이크! 이거 말 잘 해야 한다.

"그건 말입니다……."

"제가 먼저 청했습니다."

옆에서 서향 소저가 대신 설명했다.

"그리하는 편이 주변의 의심을 거둘 수 있다고 판단했기 때문입니다."

"음, 일리가 있구나."

포정사는 납득한 표정으로 고개를 끄덕였다.

다행이다.

나는 서향 소저에게 감사하다는 의미를 담아 살짝 고개를 숙였다.

"그건 그렇고…… 예전보다 훨씬 건강한 듯하니 마음이 놓이는구나."

"집안은 평안한가요?"

"그래. 아주 평안하다."

"다행입니다."

그렇게 차를 마시며 이런저런 이야기를 하던 중 포정사

가 말했다.

"이 주변이 산책하기 좋지."

"그렇다고 들었습니다. 와 보신 적이 있습니까?"

그는 바깥을 보며 말했다.

"예전에 북경에 오면 형님들과 자주 거닐던 곳일세."

"행복한 추억이 담긴 곳이군요."

"그것도 그렇지만, 주변에서 함부로 접근하기 힘든 곳이지."

아버지가 추천해 주신 이유가 있구나.

"그래, 잠시 걷겠나?"

"네."

우리는 자리에서 일어났고, 산책로를 따라 걷기 시작했다.

그렇게 조용히 산책로를 따라 걷던 중.

음?

내 기운이 묘하게 활기를 띠는 것을 보니…….

톡.

내 콧잔등에 차가운 뭔가가 닿았다.

"어? 눈이네요."

"그렇군. 눈이 오는군."

하늘에서 눈이 내리고 있었다.

올해의 첫눈이다.

"서향 소저, 눈이 내리는군요."

"이게…… 하늘에서 내리는 눈이라는 거군요."

"네. 그렇습니다."

한 송이, 두 송이 내리던 눈송이는 이내 펑펑 내렸다.

삽시간에 주변은 하얗게 물들기 시작했다.

아름다운 모습.

서향 소저는 하늘에서 내리는 눈을 온몸으로 맞으며 즐거워했다.

"이제야…… 저 아이의 소원이 진짜 이루어졌군."

"그러고 보니, 진짜 소원이 하늘에서 내리는 눈을 바라보는 거였죠."

"맞네."

그는 손수건을 꺼내어 눈물을 닦았다.

"물론, 그 이름을 잃었지만…… 그래도 건강을 되찾고 소원을 이룬 건 모두 자네의 덕분이네."

뭔가 머쓱해졌다.

"조만간 잃었던 이름을 되찾을 수 있을 겁니다."

"그래도 그땐 이미 혼기를 놓친 나이겠지."

"……."

"그래서 말인데…… 내 자네에게 청이 있네."

"네?"

갑자기 뭔가 불안해지는데…….

"내 딸과 혼인해 주게."

왜 항상 불안한 예감은 틀리지 않을까?

"농담이 과하십니다. 대인."

"농담이 아니네."

그의 표정은 단호했다.

하지만 나로서는 최대한 그를 설득할 수밖에 없다.

"하지만 저 말고 다른 고관의 자제들도 많습니다. 그 격에 맞는 분을 짝으로 찾아야 하지 않겠습니까?"

"지금 저 아이의 신분으로 찾을 수 있는 혼처는 기껏해야 그들의 첩이겠지."

"……."

그게 현실이긴 하다.

지금 그녀의 신분은 황족인 포정사의 딸이 아니라, 내 부관일 뿐이니까.

"나는 그건 용납하지 못하네. 내 딸이 누군가의 첩이라니!"

"정실부인의 자리를 위해 저에게 떠넘기시는 건 아니시리라 믿습니다."

"물론이네."

그는 고개를 끄덕였다.

"정실부인의 자리 역시 중요하지. 하지만 그보다 더 중요한 것이 바로 사내의 됨됨이네. 내가 본 자네는 그 어떤 사내보다 더 훌륭하네."

즉, 나를 칭찬하는 건데…….

난감하네.

지금 나는 혼인을 할 처지가 아니다.

나에게는 무림맹과 백천상단에 복수해야 하는 그런 목표가 있으니까.

그 목표를 위해 내 부인까지 고난의 길을 걷게 할 수는 없는 일이고.

그때 저 멀리서 내리는 눈을 바라보던 서향 소저가 나를 돌아보았다.

그리고 알 듯 모를 듯한 미소를 지었다.

마치 지금 내 난처한 표정을, 이전에도 본 적이 있다는 듯이.

이런 상황에서 무작정 거절할 수는 없는 노릇.

나는 한숨을 내쉬며 결정을 미루었다.

"고민해 보겠습니다."

"긍정적인 답을 기다리겠네."

* * *

귀주성 포정사 동휘는 자신의 처소로 돌아왔다.

북경에 머물 수 있는 저택이 있기 때문이다.

"후……."

그는 안도의 한숨을 내쉬었다.

그의 딸은 생각보다 잘 지내고 있었다. 그래서 적잖게 안심이 되었다.

은서호는 자신의 부탁대로 훌륭하게 그녀를 보호하고 있었다.

부관으로 부려 먹는 것이 조금 마음에 들지 않기는 하지만 자신의 딸이 직접 밝힌 이유는 타당했다.

아무튼, 그가 은서호에게 말했던 자신의 딸과 혼인해 달라는 말은 진심이었다.

자신이 볼 때, 딸이 가장 안전하게 지낼 수 있는 곳은 은서호의 곁이었으니까.

그러니 그의 곁에서 떨어지지 않으려면, 그와 혼인으로 엮이는 게 최선의 방법이다.

황실의 피를 이은 자가 상인과 혼인한다는 것을 두고 세간에서 수군거리겠지만, 그는 상관 없었다.

지금 그녀의 딸은 그저 한미한 집안 출신이자 은서호의 부관일 뿐이다.

게다가 자신의 딸이 안전하고 행복하게 살 수 있다면, 세간의 시선이 뭐 대수일까.

문득 아까 행복한 표정으로 내리던 눈을 맞던 딸의 모습이 떠올랐다.

'혹시 그 아이는 이런 것도 내다봤을까?'

알 수 없는 일이다.

"대인, 저 연격입니다."

그 말에 포정사 동휘가 자세를 고치며 말했다.

"들어와라."

이에 문이 열리고 호위를 담당한 연격이 들어왔다.

"부르셨습니까?"

"그래. 출발 날짜를 며칠만 미루고자 한다."

"알겠습니다. 그럼 언제 출발하실 생각이십니까?"

"한 이틀 정도만 늦추도록 하자."

"네. 명 받들겠습니다."

.
.
.

포정사의 방에서 나온 연격은 미소 지었다.
이것으로 자신의 추측은 진실이 되었다.
포정사는 이곳에서 볼일을 다 봤으니, 더 이상 이곳에 머무를 이유가 없다.
그럼에도 이틀씩이나 할애한다는 것.
아까 은서호와 부관이 포정사가 있는 곳으로 향할 때, 곽 부관이라는 여자가 걷는 모습을 본 그는 자신의 눈을 의심할 수밖에 없었다.
그 뒷모습은 영락없는 동자령의 뒷모습이었으니까.
'무슨 사정인지 모르지만, 돌아가신 것이 아니었군요. 정말 다행입니다! 정말로……'

* * *

북경지부로 돌아온 나는 즉시 아버지를 뵈었다.
"그래, 포정사 대인은 잘 뵙고 왔느냐?"
"네."
"무슨 이야기가 오갔는지 궁금하구나."
그 말에 나는 찻잔을 들어 마셨다.
목이 탔으니까.

"뭐, 그냥 이런저런 이야기들을 했습니다. 그리고……
서향 소저랑 혼인해 달랍니다."

"푸흡!"

내 말에 아버지는 차를 뿜으셨다.

재빨리 비킨 덕분에 내 얼굴에 차가 뿜어지는 불상사는 막을 수 있었다.

"괜찮으십니까?"

나는 손수건을 내밀며 물었고, 아버지는 그 손수건을 받아 입을 닦으며 말씀하셨다.

"괜찮다. 음…… 그러니까, 포정사 대인께서 네게 서향 소저와 혼인하라고 하셨다는 말이냐?"

"네. 그렇습니다."

"……."

아버지는 잠시 말문이 막힌 듯 나를 보셨다.

그리 보시면 제가 민망합니다. 아버지.

"그래서, 너는 어찌할 생각이냐?"

"저도 잘 모르겠습니다."

나는 차를 마시며 한숨을 내쉬었다.

"솔직히 저도 혼기가 찬 나이라는 것은 알고 있습니다. 하지만 아직은 상단의 발전을 위해 일하고 싶습니다."

정확하게 말하면 복수를 위해서 달려야 하니까.

그리고 일전에도 말했듯이, 내 복수에 애꿎은 여자를 끌어들이고 싶지도 않았고.

"음……."

아버지는 그런 나를 보며 잠시 생각하시다가 말씀하셨다.
"우선, 간단하게 생각해 보자꾸나."
"네."
"서향 소저가 여자로 보이느냐?"
"……."
그 말에 순간 말문이 막혔다.
어라?
'아닙니다!'라는 말이 즉시 나와야 하는데 왜 그 대답이 나오지 않는 거지?
그런 나를 보며 아버지께서 피식 웃으셨다.
"너도 서향 소저를 마음에 두고 있는 것 같은데 뭘 망설이느냐?"
나는 간신히 대답했다.
"아직, 좀 더 고민해 봐야 할 것 같습니다."

.
.
.

아버지의 집무실에서 나온 나는 귀밑을 긁적였다.
포정사 대인께서는 아무래도 그 대답을 듣고 귀주성으로 돌아가실 것 같았다.
"후……."
"왜 그리 땅이 꺼져라 한숨을 내쉬십니까요?"
갑자기 들리는 목소리에 깜짝 놀랐다.

"으악!"

"왜 그렇게 놀라십니까요?"

고개를 돌려보니, 팔갑이 옆에 서 있었다. 그 기척을 전혀 느끼지 못했는데…….

"대체 언제부터 여기 있던 거야?"

"도련님하고 같이 왔습니다요."

"아, 그랬지."

나는 머쓱하게 웃었다.

"한참 기다렸겠네?"

"괜찮습니다요."

한참 기다렸다는 의미구나. 왠지 미안해지네.

"가자."

"네."

팔갑과 나는 내 처소로 향했다. 북경지부 안에 있기에 호위들은 물리고 왔다.

"팔갑아."

"네."

"거기 서 있었으면 나랑 아버지랑 대화하는 거 들었겠네."

"못 들었습니다요."

팔갑이 고개를 저으며 답했다.

사실 들었더라도 저게 시종의 바람직한 대답이긴 하다.

내가 알기로도 시종 교육을 받을 때 그리 대답하도록 가르치기도 하고.

그건 본인을 지키기 위한 것이기도 하다.

입막음을 위해 그 시종을 살인멸구 할 사람도 있을 테니까.

나는 피식 웃었다.

팔갑이 그 대화를 듣지 못했을 리가 없지.

"서향 소저와 내가 혼인하면 어떨 것 같아?"

"생각이 많이 복잡하신 모양입니다요."

"그냥……."

"그런데 말입니다요. 왜 가장 중요한 건 생각하지 않으십니까요?"

"가장 중요한 것?"

"곽 부관님의 의향 말입니다요."

"……!"

그 말에 나는 뒤통수를 얻어맞은 듯했다.

"아……."

그렇다.

혼인이라는 건 혼자서 하는 것이 아닌 만큼 상대방의 의향이 중요하다.

그런데 서향 소저의 의향은 생각하지도 않고 이런 고민을 하고 있다니, 나도 참…….

나는 팔갑을 보았다.

"왜 그런 눈으로 보십니까요?"

"고마워서. 역시 팔갑이야."

"제가 좀 합니다요."

나는 피식 웃었다.

그날 밤.
내 황궁무공 수련을 위해 북경지부를 찾아온 진영 대협에게 이번에 호북성으로 돌아간다는 것을 말씀드렸다.
황제에게 전해 달라는 말은 딱히 하지 않았다.
그리 말하지 않아도 어차피 황제에게 전할 테니까.
그나저나, 힘드네.
진영 대협은 내가 황궁무공을 습득하는 속도가 남다르다며 감탄했지만, 무공을 배우는 게 쉬울 리가 없다.
녹초가 된 채 처소로 향하던 나는 집무실의 불이 켜져 있는 것을 보았다.
누구지?
나는 방향을 틀어 내 집무실로 향했고, 곧 누가 그 안에 있는지 알 수 있었다.
서향 소저의 기운이 느껴졌으니까.
이미 밤이 늦었는데…….
나는 슬그머니 집무실 문을 열어 보았다.
서향 소저는 서류를 집중해서 들여다보고 있었다.
그 옆에는 이미 처리해 놓은 서류들이 쌓여 있었다.
진지하게 일에 몰두한 모습.
그 모습을 보자, 나도 모르게 얼굴이 확 달아올랐다.
내가 왜 이러지?
진짜 이상하네.

그때 내가 연 문 틈을 통해 찬바람이 들어왔는지, 그녀가 고개를 들었다.

하여 나와 눈이 딱 마주쳤다.

"아! 소단주님 오셨네요."

그녀는 얼른 자리에서 일어났다. 나는 자연스럽게 집무실로 들어가며 물었다.

"밤이 깊었는데, 아직도 일하고 계시는 겁니까?"

"내일 오전에 소단주님께서 차질 없이 일을 처리할 수 있도록 제 본분을 다하는 것뿐이에요."

"너무 부지런한 것도 탈입니다."

"소단주님이 그리 말씀하시는 건 별로 와닿지 않네요. 평소에 두 시진밖에 주무시지 않으면서 말이에요."

"……."

말문이 막혔다.

그녀의 말은 사실이니까.

"험험."

나는 헛기침을 하며 말했다.

"그건 제가 무공을 익혀서 가능한 일입니다. 하지만 소저는 그렇지 않습니다. 그러니 하루 최소 세 시진은 주무셔야 합니다."

나는 웃으며 말을 이었다.

"소저가 과로로 쓰러졌다는 말이 대인 귀에 들리면, 저 진짜 죽습니다."

이에 소저는 까르르 웃었다.

"저도 그렇게까지는 일하지 않아요. 하지만 저를 걱정해 주시고 계신다는 건 잘 알고 있어요."

나 역시 피식 웃었다.

"소저……."

"네?"

"저와……."

저와 혼인하는 것에 대해 어찌 생각하시느냐고 물으려고 했다.

하지만 막상 그녀의 얼굴을 보니, 도저히 입술이 떨어지질 않았다.

왜지? 내가 그렇게 용기가 없는 사람이 아닌데.

하지만 이건 용기와는 좀 다른 영역인 것 같다는 생각이 들었다.

그리고 내 제안에 그녀가 당혹스러워할 것도, 그리고 거절하면 앞으로의 관계도 그렇고.

아, 머리가 복잡하네.

결국 나는 화제를 돌리고 말았다.

"저와 함께 지내시는 건, 괜찮으십니까?"

내 물음에 그녀는 고개를 끄덕였다.

"네. 그럼요."

"다행입니다. 앞으로 최소한 몇 년간은 대인께 혼날 일은 없겠군요."

내 말에 그녀는 다시금 까르르 웃었다.

"앞으로도 그럴 일은 없으실 거예요."

환하게 웃는 그녀를 보자 갑자기 또 얼굴이 붉어지고 피가 심장으로 확 몰리는 기분이었다.

그러고 보니 내가 이런 기분은 느낀 건 처음이 아니다.

전에 포정사 대인의 의뢰를 받아 눈을 가지고 귀주성에 갔을 때.

너무나도 아름다운 미소를 짓던 그 모습에 나도 모르게 멍하니 한참이나 그녀를 바라보았었지.

나는 살짝 고개를 저었다.

이토록 아름답고 마음씨 곱고 실력도 출중한 여인에게 내가 걷는 가시투성이 길을 함께 걷게 할 수는 없지.

나는 내일이라도 당장 포정사 대인을 만나서 그의 제안을 거절하기로 했다.

다음 날 아침.

나는 포정사 대인에게 만남을 청하는 전갈을 넣었고, 답신을 받았다.

* * *

포정사 동휘는 접빈실 맞은편에 앉아 있는 은서호를 보며 물었다.

"그래, 무슨 일인가?"

"일전에 하셨던 제안에 대한 답을 드리고자 이리 찾아왔습니다."

"그래, 어찌하기로 했는가?"

"송구하지만, 거절하겠습니다."

"거절하겠다?"

당혹스러웠다. 자신의 딸을 마다할 줄은 몰랐기 때문이다.

동시에 분노가 올라왔다.

하지만 그간 은서호가 보여 준 행보, 그리고 그에게 받은 은혜를 떠올리며 분을 가라앉혔다.

"이유를 물어도 되겠는가?"

"제가 앞으로 걸어가야 할 길은 제법 고된 길입니다."

"물론 알고 있네. 천하제일상단을 노리는 건 제법 고된 일이겠지."

"물론, 천하제일상단 역시 제 목표이긴 합니다. 하지만 말씀드리기 힘든 제 개인적인 목표도 있습니다."

나는 말을 이었다.

"그 험한 길에 대인의 귀한 따님까지 끌고 들어가고 싶지 않습니다. 소저는…… 가시밭길이 아닌 꽃밭을 걸었으면 합니다."

미간을 찌푸리며 은서호를 보던 포정사는 이내 몰랐던 것을 깨달았다.

그건 은서호가 자신의 딸에 대해 말할 때 유난히 뺨이 상기되고 눈이 반짝인다는 거다.

즉, 저 말은 진심이라는 것.

그 점이 그의 마음을 흡족하게 했다.

"그렇군. 내 딸을 그리 아껴 주니, 고맙네."

"송구합니다. 그리고 무엇을 걱정하시는지 알 것 같습니다만, 걱정하지 않으셔도 됩니다. 소저는 이미 제 부관입니다. 그리고 저는 제 사람은 결코 버리지 않습니다."

왠지 그 말이 적잖게 위안이 되었다.

그래서 한 발 물러나기로 했다.

'자네는 알고 있나 모르겠지만, 내 경험상 남녀 관계라는 건 항상 마음먹은 대로 되는 게 아니지.'

그러니까 이건, 이 보 전진을 위한 일 보 후퇴였다.

* * *

우리가 북경으로 돌아온 지 벌써 며칠이 지났다.

그리고 오늘이 호북성으로 출발하는 날이다. 더 늦게 출발하면 날씨 때문에 곤란할 수 있으니까.

열심히 일을 처리한 덕분에 밀려 있던 일을 마무리하고 떠날 수 있었다.

현풍국의 직원들은 북경에 남았다.

호북성 본단이 아닌, 북경지부에 현풍국을 두기로 했기 때문이다.

"곽 부관도 호북으로 간다니!"

"허…… 이런."

그런데 왜, 서향 소저가 저와 함께 호북성으로 가는 것에 대해 그리 아쉬워하는 겁니까?

"제가 호북으로 돌아가는 건 아쉽지 않으십니까?"

내 물음에 그들은 움찔했지만, 이내 하하 웃으며 말했다.

"소단주님, 곽 부관은 저희 북경지부의 선녀입니다."

"맞습니다. 비교 불가입니다."

뭔가 어이가 없어서 피식 웃었지만, 그만큼 서향 소저를 아낀다는 의미겠지.

하긴, 내가 봐도 서향 소저는 누구에게나 사랑받을 만한 사람이긴 하다.

그렇게 우리는 호북성으로 출발했다.

이번에 북경에 머무르는 동안, 황제는 한 번도 나를 부르지 않았다.

그도 그럴 것이 다른 나라와의 교역에 대해 대신들과 의논하느라 바쁘실 테니까.

그래서 서운하냐고?

아니. 전혀!

황제를 마주할 때마다 수명이 몇 년씩 팍팍 깎여 나가는 것 같거든.

호북성으로 가는 길은 이제 익숙했다.

그만큼 많이 오갔다는 의미.

하지만 이 길이 처음인 서향 소저는 신기한 표정으로 마차 창문을 통해 밖을 바라보았다.

"정말 멋진 풍광이네요. 이렇게까지 각 지역의 풍광이

다를 수 있다니! 신기해요!"

그녀의 말에 나는 고개를 끄덕였다.

"말씀하신 대로 처음에는 흥미롭긴 합니다. 하지만 그것도 자주 보게 되면 덤덤해집니다."

그녀가 복잡한 표정으로 물었다.

"저에게도 그런 날이 올까요?"

"제 부관으로 계시다 보면 그렇게 될 겁니다. 제가 이곳저곳 돌아다니지 않는 곳이 없거든요."

"그럼, 소단주님을 따라다니려면 부지런히 체력을 키워야겠네요."

서향 소저가 나에게 말했다.

"그래서 말인데, 저에게 무공을 알려 주세요."

"무공을 말입니까?"

"네."

내가 뭐라고 하기도 전에 팔갑이 먼저 입을 열었다.

"저희 도련님이라면 문제없습니다요. 도련님이 하기 싫다고 하는 건 귀찮아서일 겁니다요."

저, 저기 팔갑아, 네가 그렇게 말하면 내가 거절할 수 없잖아.

그러면 나는 귀찮아서 부관의 청을 거절하는 그런 쓰레기가 되어 버린다고.

에휴.

어쩔 수 없네.

생각해 보니 서향 소저가 무공을 익히는 건 체력을 기

를 수 있을 뿐만 아니라 호신을 할 수 있게 되는 거니 나름 나쁘지 않았다.

"알겠습니다. 매일 새벽마다…… 함께 수련을 하도록 하죠."

"감사해요."

그녀는 또 환하게 웃었다.

.

.

.

우리는 부지런히 이동했고, 이제 본단까지 얼마 남지 않았다.

어느덧 해가 저물어서 야숙을 하게 되었다.

앞에서 호위들이 나서서 야숙할 준비를 하고 있었고, 서우 무사와 명종 무사는 호위를 위해 내 옆에 있었다.

나는 서향 소저에게 말했다.

"앞으로 하루 정도만 더 가면, 은해상단의 본단입니다."

"그렇군요. 기대돼요."

"우선 소저와 같이 사부님께 인사를 드리러 갈 생각입니다."

"당연히 그래야겠죠. 그런데 소단주님의 사부님이신 곽 대인께서는 어떤 분이신가요?"

"아주 좋은 분입니다. 무뚝뚝하시긴 하지만 그건 여린 마음을 보호하기 위해 그리 표현하시는 게 아닐까 그리 생각합니다."

"소단주님께서 좋은 분이라고 하셨으면, 정말 좋은 분일 게 틀림없어요."

"음, 사부님을 만난 후에는……."

그렇게 앞으로의 일에 대해 의논하고 있을 때였다.

갑자기 서향 소저의 시선이 멍해졌다.

그리고 얼굴에는…… 안타까움이 스쳐 지나갔다.

뭐지?

대체 무슨 일이지?

다섯을 채 세기도 전에 그녀의 멍했던 시선이 다시 또렷해졌다.

그리고 그녀의 첫 마디는…….

"저기…… 홍금소라는 여인이 누군가요?"

그 말에 내 옆의 서우 무사가 즉시 반응했다.

"제 부인을 말씀하시는 겁니까?"

"아…… 서우 무사님의 부인이셨군요. 그래서 슬프게……."

슬프게라고?

나는 그녀에게 되물었다.

"그건 왜 물으십니까?"

하지만 서향 소저는 내 물음에 답하지 않고 심각한 표정으로 다른 것을 물었다.

"지금 당장 출발하면 홍금소 부인에게까지 몇 시진이나 걸리나요?"

몇 시진?

방금 내일쯤 도착한다고 했고 영특한 그녀가 그걸 몰라서 그리 물은 게 아닐 터.

서우 무사가 떨리는 목소리로 물었다.

"제 부인께 무슨 일이라도……."

서향 소저는 바로 대답하지 않고, 나를 보았다.

내가 고개를 끄덕이자, 그녀가 입을 열었다.

"서둘러서 홍금소 부인에게 가야 해요. 홍금소 부인이 위험해요."

홍금소 부인이 위험하다고?

"좀 더 자세히 설명해 주실 수 있으십니까?"

내 물음에 서향 소저가 어두운 얼굴로 고개를 저었다.

"저도 자세한 건 몰라요. 단지 홍금소 부인을 안고 서럽게 울고 있는 서우 무사님을 봤을 뿐이에요. 그리고 그 옆에서 소단주님이 슬퍼하고 계셨고요. 아무튼, 되도록 빨리 가야 해요."

그래서 몇 시진이나 걸리냐고 물어봤구나. 하지만 그것만으로는 홍금소 부인이 어떤 이유로 인해 위험한 것인지 알 수 없다.

"또 다른 단서가 없을까요? 아주 사소한 것이라도 괜찮습니다."

서향 소저가 잠시 기억을 더듬다가 무언가를 떠올린 듯 말했다.

"그러고 보니 피투성이에 발목…… 발목이 보라색이었어요."

아…….

"혹시 장소가 건물 안입니까? 밖입니까?"

"밖이요."

무슨 상황인지 알 것 같다.

홍금소 부인은 뭔가를 하다가 발목을 다친 것.

평상시라면 어찌어찌 혼자 일어날 수 있지만, 지금 홍금소 부인은 회임을 한 상태.

그것도 만삭의 몸이다.

그러니 몸이 무거워 혼자 일어나지 못한 거겠지.

지금은 겨울인 십이월.

야외에서 장시간 움직이지 못한다면 동사할 수밖에 없다.

게다가 피투성이라고 했는데, 지금은 들짐승들 역시 굶주려 있을 시기.

이럴 시간이 없다.

나는 자리에서 벌떡 일어났다.

"팔갑!"

팔갑이 눈치 빠르게 대답했다.

"네! 상단주님께는 도련님이 급한 일이 생겨서 먼저 본단으로 가셨다고 하겠습니다요."

"고마워."

나는 서우 무사에게 말했다.

"서우 무사님, 갑시다."

"부탁드립니다."

"그리 말씀하지 않으셔도 홍 부인은 제 소중한 사람입니다. 허무하게 잃지는 않을 겁니다."

하지만 뭔가 좀 불안한데?

나는 피투성이라는 말이 마음에 걸렸다. 그리고 지금 해가 저물어 가고 있었으니까.

밤은 위험한 동물들의 시간이다.

그때 좋은 생각이 떠올랐다.

"금령아."

"꾸이!"

"홍금소 부인을 찾아. 그리고 혹시 위험한 상황이면 네가 보호하고 있어."

"꾸이!"

금령은 즉시 몸을 날렸고, 순식간에 점이 되어 사라졌다.

나와 서우 무사 역시 눈짓을 주고받고는, 경공을 이용해 전력을 다해 달려 나갔다.

* * *

산달이 가까워진 홍금소는 상단에 나가지 않고 집에 있었다.

은해상단에서 일하는 여인들은 산달이 가까워지면 몇 달 정도 쉴 수 있게 배려해 주었기 때문이다.

하지만 집안에만 있다 보니 갑갑했고, 그래서 산책을

하기로 했다.

물론 도와줄 사람을 데리고 나와야 했지만, 공연히 번거롭게 하고 싶지 않아 혼자 살짝 나왔다.

오랜만에 집 밖으로 나오니 상쾌하고 좋았다.

"홍과야, 너도 좋지?"

붉은색 과일을 따는 태몽을 꿨기에 지은 아이의 태명이었다.

"네 아버지는 내일이나 내일모레쯤 도착하실 거란다. 너도 아버지가 어떤 분인지 궁금하지? 네 아버지를 보면 너도 무척 좋아할 거란다. 아주 멋진 분이거든."

아이의 회임 소식은 서신으로 전할 수밖에 없었다. 돌아온 답신에는 서우의 기뻐하는 마음이 가득 담겨 있었다.

자신과 서우의 아이다.

서우가 그리되며 영영 가지지 못할 줄 알았는데, 서우가 기적적으로 살아나면서 생긴 소중한 아이.

그렇게 배를 쓰다듬으며 아이에게 말하다 보니 어느새 생각보다 멀리까지 오고 말았다.

"어머! 벌써 해가 지는구나! 어서 돌아가야겠네."

그녀는 발길을 재촉했다.

하지만 너무 서둘렀던 탓일까?

발을 헛디디며 발목을 접질렸고, 설상가상으로 길옆의 언덕 아래로 구르고 말았다.

"으……."

일어나려 했지만, 발목을 다친 탓에 다리에 힘을 줄 수가 없었다.

게다가 만삭인 탓에 움직이는 것도 여의치 않았다.

갑자기 배에서 태동이 느껴졌다.

그녀는 차분히 배를 쓰다듬었다.

"아니야, 홍과야. 네 잘못이 아니야. 엄마가 발을 헛디뎌서 그런 거야."

이 상황에서는 누군가의 도움을 받을 수밖에 없었다.

하지만 인적이 드문 곳이다 보니 아무도 지나가는 사람이 없었다.

그렇게 점점 날이 어두워지며 해가 지고 말았다.

여러모로 난감한 상황.

그녀는 혼자 나오지 말았어야 했다고 스스로를 자책했다.

하지만 자책하고 있을 수만은 없었다.

어떻게든 정신을 부여잡아야 했다.

다행히 아이는 살아 있었고, 살려야 했다.

그렇게 땅에 드러누운 채 얼마나 있었을까?

"크르릉……"

짐승이 낮게 울부짖는 소리가 들렸다. 그 소리에 홍금소 부인은 입술을 깨물었다.

자신을 향해 다가오는 노란 눈동자.

사방이 캄캄했지만, 그 눈동자만큼은 확실하게 보였다.

그건 틀림없는 늑대였다.

'이러다가 꼼짝없이 늑대의 밥이 되겠구나!'

그녀는 다급히 주변을 더듬어 보다가 주먹만 한 돌 하나를 움켜쥐었다.

늑대에게 대항하기 위한 유일한 무기였다. 그렇게 홍금소와 늑대의 대치가 이어지고 있을 때였다.

"꾸잇!"

그때 난데없이 이상한 소리가 들려왔고, 그 소리에 늑대는 주춤거렸다.

"꾸이잇!"

"끼이잉……."

다시 한번 울려 퍼지는 소리에 늑대는 겁을 먹은 듯, 꼬리를 말고 도망쳤다.

늑대가 도망간 것을 확인한 그녀는 겨우 쥐었던 돌을 놓았다.

'그런데 방금 들린 소리…… 어디선가 들은 적이 있는데?'

도도도도.

그녀를 향해 뭔가가 다가왔다. 돼지를 닮은 주먹만 한 동물.

사방이 어두워 주변이 잘 보이지 않았지만, 이상하게 돼지를 닮은 그 동물은 잘 보였다.

그건 온몸에서 은은하게 금색 빛을 내고 있기 때문이었다.

"네가 말로만 듣던 영물인가 보구나. 혹시 네가 늑대를 쫓아 준 거니?"

그녀의 물음에 귀여운 동물이 고개를 끄덕였다.

"고맙구나."

그녀의 말에 그 동물은 무언가 글자를 적기 시작했다.

[금령]

[은서호가 보냈음]

그 동물에게서 은은하게 비치는 빛 덕분에 글자가 잘 보였다.

그 글자를 본 그녀의 눈동자가 커졌다.

동물이 글자를 쓰는 것도 놀라운데, 은서호가 보냈다는 내용이었으니까.

하지만 그의 행적을 생각해 보니 그리 신기한 일도 아니라는 생각이 들었다.

그리고 간혹 그의 주변에서 '꾸이'거리는 소리가 들렸던 것도 떠올랐다.

"후우."

그녀는 한숨을 내쉬며 몸을 떨었다.

"꾸이?"

왜 그러냐는 듯한 물음에 홍금소가 대답했다.

"날이 춥구나."

"꾸이!"

금령이라고 밝힌 돼지 영물은 꾸이거리며 어디론가 향했다.

반 각쯤 지났을까.

금령이 돌아왔다.

그런데…… 혼자가 아니었다.

한 무리의 동물들을 이끌고 온 것이다.

노루와 토끼 같은 초식 동물들.

그 동물들은 홍금소에게 다가왔고, 그녀를 둘러싸고 빙 둘러앉았다.

동물들의 체온이 느껴지며 그녀는 더 이상 몸이 떨리지 않았다.

그리고 금령은 입에 물고 있던 것을 그녀에게 건넸다.

"이건? 나 먹으라고 준 거니?"

"꾸이!"

"고맙구나."

그녀는 그 열매를 먹으며 허기와 갈증을 달랬다.

그렇게 몇 시진이나 흘렀을까?

어느덧 희뿌옇게 동이 터 왔다.

"꾸이?"

금령은 고개를 갸웃하더니 홍금소를 보았다.

왠지 금령은 웃는 것 같았다.

그러곤 어디론가 사라졌다.

"금소!"

그리고 이내 보고 싶었던 남자의 목소리가 들려왔고, 그가 달려오는 모습이 보였다.

"아……."

"부인!"

긴장이 풀린 탓일까?

그녀는 그대로 정신을 잃어버렸다.

* * *

"부인! 부인!"

서우 무사는 홍금소 부인을 안고 애타게 그녀를 불렀다.

호북성 본단에 도착한 나는 금령을 불렀고, 금령은 우리를 홍금소 부인이 있는 곳으로 안내해 주었다.

"꾸이! 꾸!"

"아, 춥다고 해서 다른 동물들을 협박해서 저렇게 시켰다고?"

"꾸이!"

"잘했어."

"꾸이! 꾸! 꾸꾸익!"

"늑대도 쫓아내고, 배고플까 봐 열매도 따다 줬다고?"

"꾸이!"

"정말 고마워."

나는 금령을 쓰다듬어 주었다.

만약 금령이 없었다면 어쩔 뻔했는지, 진짜 너무 고마웠다.

나는 서우 무사의 어깨에 손을 올리며 말했다.

"걱정하지 않으셔도 됩니다. 부인께서는 기력이 쇠하

여 그러신 것뿐입니다. 어서 집안으로 옮깁시다."

"아, 네."

서우 무사는 홍금소 부인을 품에 안았고, 우리는 서우 무사의 집으로 향했다.

집안은 난리가 나 있었다.

이유라면, 홍금소 부인이 돌아오지 않았기 때문이겠지.

사람들이 분주한 얼굴로 왔다 갔다 하는 것을 보니 부인을 찾아 돌아다니는 듯했다.

그럼에도 찾지 못했던 건 부인이 발견된 장소가 외진 곳이었을 뿐만 아니라 길 옆으로 굴러떨어져 있었기 때문이다.

"마님!"

서우 무사의 품에 안긴 홍금소 부인을 본 집안의 하인과 하녀들이 놀라 달려왔다.

"어디서 찾으셨습니까?"

"그렇게 찾아도 못 찾았는데……."

"이, 이럴 게 아니라 어서 안으로……."

서우 무사는 부인을 따듯하게 만든 침상에 눕혔다.

그러고는 옆에서 그녀의 손목을 잡은 채 입술을 깨물었다.

"저는 의원을 불러오겠습니다."

서우 무사의 집을 나서며 나는 내 소매 속의 금령을 쓰다듬어 주었다.

"고마워. 덕분에 소중한 내 사람을 지켜 낼 수 있었어."
"꾸이."
"이 정도는 기본이라고?"
"꾸이. 꾸이!"
"그러니까 감사의 표시는 돈으로 하면 된다고?"
역시 금령이다.

나는 즉시 호북성 본단으로 가서 의원을 데리고 다시 서우 무사의 집으로 왔다.
홍금소 부인이 회임한 상황이라, 일부러 그쪽에 해박한 의원을 데리고 왔다.
의원이 홍금소 부인의 상태를 살피는 동안 나와 서우 무사는 밖에 있었다.
"정말 감사합니다."
서우 무사가 고개를 깊이 숙이며 감사를 표했고, 나는 부드럽게 고개를 저었다.
"그런 말씀 마세요. 저도 식겁했습니다."
서우 무사가 심각한 표정으로 입을 열었다.
"그런데…… 곽 부관은 어떤 사람입니까? 평범한 부관은 아닌 듯합니다만."
"맞습니다."
"혹, 미래를 보는 겁니까?"
나는 고개를 끄덕였다.
"사실, 전에 곽 부관을 몰래 빼돌릴 때 어째서 그리해야 했는지 의문이 들긴 했었습니다. 그 이유를 이제야 알 것 같습니다."

그땐 아직 서향 소저의 능력은 비밀이었으니까. 그럼에도 서우 무사를 비롯한 호위무사들은 순순히 내 뜻을 따라 주었다.

"유용하지만, 어찌 보면 위험한 능력이기도 하죠."

내 말에 서우 무사는 고개를 끄덕였다.

"주군의 말씀대로입니다. 그나저나 이거 곽 부관에게 큰 빚을 졌습니다. 곽 부관이 아니었다면 정말…… 상상하기도 싫은 일이 일어날 뻔했습니다."

"저 역시 마찬가지입니다."

나는 한숨을 내쉬었다.

"곽 부관은 상당히 총명한 사람입니다. 그 능력으로 인해 원래 신분을 잃은 만큼 그에 대해 상당히 조심스러워합니다. 이번 일 역시 아무 말 하지 않고 넘겼을 수도 있죠. 하지만 그녀는 그러지 않았습니다."

"그만큼, 천성이 착하다는 것이죠."

"저 역시 그리 생각합니다. 아무튼, 곽 부관에게 은혜를 입은 만큼 이번 일로 인해 곽 부관이 위험해지지 않도록 부탁드립니다."

"명심하겠습니다."

서우 무사는 고개를 끄덕였다.

"감사할 대상은 또 있습니다. 지금 생각해 보니 금령이 아니었다면 정말 큰일 날 뻔했습니다. 아까 얼핏 들었습니다. 정말 고맙군요."

"꾸이!"

그 말에 나는 헛웃음을 지을 수밖에 없었다.

진짜 이러기냐?

"뭐라고 하는 겁니까?"

"감사의 표시는 돈으로 하라는데요."

서우 무사가 피식 웃으며 말했다.

"재밌는 농담입니다."

"진담입니다."

"네?"

서우 무사의 당혹스러운 표정.

나는 소매를 톡 치며 금령을 불렀다.

"금령아, 나와 봐."

"꾸이!"

금령은 내 소매에서 나와 바닥에 내려섰다. 나는 주머니에서 은자 하나를 꺼냈다.

"자, 오늘 수고 많았어."

그리고 금령에게 내밀자, 금령은 날름 은자를 받아 꿀꺽 삼켰다.

"……."

그걸 본 서우 무사는 당황스러운 표정이었다. 그도 그럴 것이 금령에게 돈을 먹이는 건 다른 이들에게 보여 준 적이 없으니까.

"돈을…… 먹는 겁니까?"

"돈밖에 안 먹습니다."

"아…… 영물이니 그럴 수도 있겠군요."

"제법 돈을 많이 잡아먹는 영물입니다. 그래도 그만큼 제 몫은 톡톡히 하니까요."

서우 무사는 곧 평정심을 되찾고, 주머니에서 은자 하나를 꺼냈다.

그리고 금령에게 내밀었다.

"오늘, 고마웠다."

금령은 아까처럼 바로 받아먹지 않고, 나를 보았다.

이 돈을 먹어도 되느냐고 허락을 받는 것.

그러고 보니 다른 사람이 주는 돈은, 주인의 허락이 있어야 먹는다고 했지.

내가 고개를 끄덕이자 금령은 그 돈을 받아 날름 삼키었다.

그리고 기분 좋은 소리를 내었다.

"꾸이꾸이."

당연히 기분이 좋겠지.

은자를 두 개씩이나 먹었으니까.

사실 이번 일은 금자, 아니 금원보를 줘도 될 만한 일이다.

금령 덕분에 큰일을 면했으니까.

하지만 지금 내가 금원보를 꺼내면 서우 무사 역시 금원보를 꺼내야 하는 압박을 받게 된다.

그래서 일부러 은자를 꺼낸 거다.

서우 무사가 금령에게 줄 금원보는, 금령이 아닌 태어날 아기를 위해 써야 하니까.

금원보는 내가 두 개를 주면 되는 일이고.

끼익.

그때 문이 열리고 의원을 돕던 하녀가 고개를 내밀었다.

"들어오시랍니다."

그 말에 우리는 얼른 안으로 들어갔다.

"부인의 상태는 어떻습니까?"

내 물음에 의원이 대답했다.

"큰 이상은 없습니다. 언덕을 굴러서인지 타박상이 좀 있는 정도입니다."

"아기는 어떻습니까?"

내 물음에 의원이 고개를 끄덕였다.

"복중의 아기 역시 무사합니다."

"후, 정말 다행입니다."

그제야 나는 완전히 안심할 수 있었다.

"다만……."

응? 다만 뭐지?

우리는 긴장한 표정으로 의원을 보았다.

"다만, 뭡니까?"

서우 무사의 물음에 의원이 조심스럽게 대답했다.

"아이가 부인께서 드신 열매의 영향을 좀 받게 될 것 같거든요."

"네? 열매…… 라고 하면……."

나는 무슨 열매를 말하는지 알 것 같았다. 분명 금령이가 홍금소 부인에게 배고플까 봐 열매를 따다 줬다고 했으니까.

금령아, 대체 무슨 열매를 따다 준 거야…….

서우 무사가 심각한 표정으로 물었다.

"어떤 열매를 먹은 겁니까? 그리고 그 영향이 어찌 됩니까?"

그 표정에 의원은 웃었다.

어? 웃었다고?

의원이 환자를 앞에 두고 웃는 경우는 환자에게 나쁜 일이 없을 때다.

그 말은 즉.

"태재실(胎才實)이라는 열매를 먹은 것 같거든요. 이게 보통 사람에게는 배고프지 않고 목마르지 않게 해 주는 열매이지만, 산모가 먹게 되면 태어날 아이는 어느 한 분야에 대해 탁월한 재능을 지니고 태어나죠. 그래서 많은 이들이 이것을 찾기 위해 각고의 노력을 기울이지만, 결코 쉽게 구할 수 없는 것입니다. 하늘이 내렸다고 할 정도로 드물게 발견되거든요."

그녀가 말을 이었다.

"그러니까 좋은 일이랍니다."

그제야 서우 무사는 안도의 한숨을 내쉬었다.

나 역시 그렇고.

아니, 저희에게 왜 이러시는 겁니까? 의원님.

내가 데리고 온 의원은 영초에 관해 잘 알고 있는 의원이기도 하다.

아무튼, 실력 있는 의원을 데리고 온 보람이 있네.

.

.

.

나는 서우 무사에게 홍금소 부인 곁에 있으라고 명한 후 다시 본단으로 돌아왔다.

물론 서우 무사는 나를 홀로 둘 수 없다고 했지만, 나는 강제로 그에게 명했다.

지금 홍금소 부인에게 가장 필요한 건 서우 무사니까.

그렇게 본단으로 돌아온 나는 정호 형에게 갔다.

"형!"

나를 본 정호 형이 자리에서 일어나 나에게 왔다.

"어서 와라. 안 그래도 네가 오자마자 의당에 가서 의원을 데리고 갔다고 들었어. 무슨 일이야?"

"아……."

나는 형의 집무실 다탁 앞에 앉으며 말했다.

"홍 부인이 많이 위험했거든."

"홍 부인이라면, 혹시 자무인형의 옷을 만드는 분?"

"응. 맞아."

"그런데 어떻게 그 사실을 안 거야?"

정호 형의 의문은 타당했다.

음, 사실대로 말하기에는 아직 위험하다.

정호 형을 믿지 못하는 게 아니라, 어디에 있을지 알 수 없는 '벽의 귀'를 조심하는 것이다.

"홍금소 부인은 서우 무사의 부인이잖아. 역시 절정 무사의 감인지 갑자기 뭔가 불안하다고 해서……."

"단순히 감이 좋지 않다고 해도……."

"물론 그렇지. 하지만 절정 무사의 감은 그 이상의 무언가거든. 서우 무사의 감 덕분에 나도 몇 번이나 위기를 넘기기도 했고."

거듭된 내 주장에 정호 형은 고개를 끄덕이며 수긍했다.

"그렇다면야 뭐. 그러면 홍 부인은?"

"무사해."

"다행이네."

"그나저나 잘 지냈어?"

내 물음에 형은 피식 웃었다.

"물론 잘 지냈지. 그리고 네 덕분에 바빴다."

"응? 나? 왜?"

"기억 안 나냐? 전에 조 부관님이 다쳤던 일."

"그 민란 집단?"

"그래, 그들을 관리하는 일을 나에게 떠넘기고 가 버렸잖아."

그러고 보니 그 뒤처리가 보통이 아니었겠군. 이거 좀 미안해지네.

나는 멋쩍은 표정으로 머리를 긁적였다.

"미안……."

"미안할 건 없어. 덕분에 상단에서 내 입지도 높아졌으니까. 그거 때문에 내게 그 일을 넘긴 거잖아?"

정호 형의 말이 맞다.

"그래서 고맙게 생각하고 있어. 일은 힘들었지만……."

"그럼 나는 형에게 미안해해야 하는 거야? 아니면 뿌듯해해야 하는 거야?"

"……."

내 질문에 형은 웃었고, 나 역시 웃었다.

"아무튼, 오느라 수고 많았다."

"고마워. 건혁이랑 보연이는?"

내 말에 형은 한숨을 내쉬었다.

"아주 건강해. 요즘 사방팔방으로 뛰어다녀서 정신없다."

잠시 후.

정호 형의 별당에 들린 나는 왜 형이 그리 말했는지 알 것 같았다.

"도련님! 그러다가 다치세요."

"아가씨!"

이제 거의 세 살이 되어 가는 두 남매는 마당을 정신없이 달리고 있었다.

그들을 잡기 위해 유모 두 명이 진땀을 흘리고 있었고.

"어? 삼촌!"

"막내 삼촌!"

두 아이는 나를 보자마자 달려와 안겼다.

"아이쿠! 많이 컸네!"

"응!"

"우리 많이 컸어!"

나는 이전보다 홀쭉해진 형수님과 유모를 보니, 차마 발걸음이 떨어지지 않았다.

무림인인 형수님이 지칠 정도라니!

"오늘은 제가 건혁이랑 보연이랑 놀아주겠습니다."

내 말에 그녀들의 얼굴에 화색이 돌았다.

그날 저녁.

부모님과 일행이 본단에 도착했다.

"오셨습니까. 일이 있어 먼저 와 있었습니다."

내 말에 아버지께서 고개를 끄덕이셨다.

"급한 일이 있어서 먼저 갔다고 들었다. 그래, 일은 잘 해결되었느냐?"

"네. 다행히 잘 해결되었습니다. 자세한 건 나중에 말씀드리겠습니다."

"알겠다."

그리고 부모님이 다른 형들과 인사를 나누는 사이, 나는 내 일행에게 향했다.

"도련님!"

팔갑이 가장 먼저 달려오더니, 작은 목소리로 물었다.

"일은 어찌 되셨습니까요?"

"걱정하지 않아도 돼."

"후! 정말 다행입니다요."

"맞아. 정말 다행이지."

"그런데 왜 얼굴이 홀쭉해지셨습니까요?"

"아, 이거? 건혁이랑 보연이랑 놀아 주었더니……."

나는 그 뒤에 있는 내 호위무사들과 인사를 나누었다. 그리고 그 가운데 서 있는 서향 소저에게 향했다.

"오시는 길은 어떠셨습니까?"

"아주 편안했어요."

"그럼, 처소로 안내해 드리겠습니다."

나는 그녀의 처소로 직접 안내해 주었다. 그녀에게 고맙다는 말을 해야 했으니까.

* * *

은해상단의 본단이 있는 숭양현.

그곳의 저잣거리의 큰 집에는 한 가족이 살고 있었다. 그 집의 특징이라고 하면 여인 하나와 네 명의 자녀들이 살고 있었다는 거다.

그 자녀들은 아홉 살 쌍둥이 아들과 일곱 살 쌍둥이 딸이다.

그 여인의 이름은 만옥.

만옥은 마당 한쪽에 앉아 삯바느질을 하고 있었다.

물론 삯바느질을 하지 않아도 먹고 사는 데 전혀 지장이 없었지만, 일을 하지 않으면 불안했으니까.

이는 오랫동안 팍팍한 살림살이를 꾸려 오기 위해 매일같이 일하던 것이 습관이 되었기 때문이다.

그녀는 고개를 들어 바깥을 보며 중얼거렸다.

"그이는 언제쯤 오시려나?"

십여 년 전 만난 그는 만옥을 위해 은풍대의 무사가 되었다.

은해상단의 복지는 무척 좋아서 상단을 위해 싸우다가 전사하면 유족들이 먹고 살 수 있게 해 주었으니까.

칼밥 먹고 사는 삶은 항상 불안했기에, 그녀의 남편은 가족을 위해 최선의 선택을 한 것이다.

하지만 신입의 월봉으로는 그녀와 쌍둥이 아들이 먹고 사는 것이 넉넉하지 않았다.

그래도 연차가 오르며 월봉이 높아졌고, 그러던 중 쌍둥이 딸이 태어났다.

그때쯤이었을 거다.

"이번에 은서호 도련님의 개인 호위가 되었소."
"개인 호위요?"
"그렇소. 그래서 집에 자주 들르지 못할 것 같소."

그때부터였다.
살림살이가 넉넉해진 것은.

그전보다 월봉이 몇 배가 더 오르며 아이들을 배불리 먹일 수 있게 되었다.

그리고 최근에는 월봉이 더 오르며, 이렇게 번듯한 집도 마련할 수 있게 되었다.

하지만 남편의 얼굴을 보는 건 더 어려워졌다.

이번에도 거의 열 달 가까이 집을 비웠으니까. 그래도 전에 받은 서신을 보니 잘 지내고 있는 것 같긴 했다.

그때였다.

"만옥!"

대문에서 들리는 반가운 목소리.

고개를 돌려보니, 열 달이나 보지 못했던 얼굴이 대문 앞에 서 있었다.

"아! 오셨어요?"

"다녀왔소."

"아버지!"

마당에서 놀고 있던 네 아이들도 그에게 달려갔다.

은해상단에서는 은서호의 호위무사였지만, 이 집에서만큼은 한 여인의 지아비이자 네 아이의 아버지인 가장 여응암이다.

"이번에는 어딜 다녀오셨나요? 아버지."

"이번에는 북경을 거쳐 북해까지 갔다가 저 아래 귀주성까지 다녀왔단다. 그리고 산동에도 다녀왔지."

"와!"

아이들은 여웅암의 말에 감탄했다.

초롱초롱하게 자신을 바라보는 눈빛에 여웅암은 왠지 모를 뿌듯함을 느꼈다.

그렇게 오랜만에 가족들과 오붓한 시간을 보내고 있을 때였다.

"계십니까?"

대문 밖에서 낯익은 누군가의 목소리가 들렸고, 여웅암은 대문을 열었다.

"누구신…… 아니, 자네는!"

방문한 사람은 은서호의 시종인 팔갑이었다.

"여기가 여 무사님의 집이었구먼요."

"그러네. 그런데 여긴 어쩐 일인가?"

"아, 도련님께서 보내셨습니다요."

그리고 어딘가를 향해 손을 흔들자, 수레 하나가 그의 집을 향해 움직이기 시작했다.

그 수레에는 곡식과 비단 등이 가득 실려 있었다.

"이, 이건…… 대체 무언가?"

"도련님께서 그동안 못 챙겨 주셔서 미안하다고 하시면서 손수 챙겨 주신 겁니다요."

"이, 이러지 않으셔도 되는데……."

"그냥 받으시는 게 좋을 듯합니다요. 도련님께서 손수 챙겨 주신 건데 거절하면 상처받습니다요."

생각해 보니 맞는 말이다.

은서호가 겉으로는 강해 보이지만, 생각보다 마음이 여

린 주군이니까.

"무슨 일이에요?"

그때 그의 부인 만옥이 다가와 물었다.

"아, 내 주군께서 선물을 보내셨소."

"네? 어머나! 이걸 다요?"

만옥이 깜짝 놀라며 묻자, 팔갑이 대답했다.

"그렇습니다요."

"이렇게까지 챙겨 주시는 것을 보면 당신, 주군께 무척 중요한 사람이군요."

그 말에 여응암은 왠지 모르게 자신의 어깨가 하늘로 솟는 기분이었다.

* * *

나는 집무실에서 일을 처리하고 있었다.

현풍국이 북경에 있다고 해서 내가 처리할 일이 없는 건 아니니까.

"도련님, 저 팔갑입니다요."

그때 문이 열리고 팔갑이 들어왔다.

"잘 전하고 왔어?"

"네."

나는 본단에 도착하자마자 여응암 무사에게 이틀의 휴가를 주었다.

거의 열 달 정도 가족들을 보지 못했는데 얼마나 보고

싶을까.

그리고 팔갑을 시켜서 선물을 보내도록 했다.

그동안 여응암 무사의 가족을 챙기지 못한 것에 대한 미안함이 담긴 선물이다.

사실 내가 직접 가야 하지만, 그러면 너무 부담스러워할 것 같아서 팔갑을 보낸 거다.

"선물은 잘 받았어?"

"네. 무척 좋아했습니다요."

"다행이네. 혹시 뭐 더 필요한 건 없어 보였어?"

"네."

팔갑은 나에게 여응암 무사의 집에 대해서 설명해 주었다.

"마당이 제법 넓었는데, 그 마당에서는 아이들이 놀고 있었습니다요."

"그래?"

그때 나는 뭔가를 떠올렸다.

"아이들이 지금 몇 살이라고 했지? 아홉 살이랑 일곱 살이었나?"

"네. 맞습니다요."

"따로 글은 배우지 않는 거야?"

보통 여섯 살부터 글을 익히기 시작하니까. 그리고 팔갑이 방문한 시간이라면 학당에 나갈 시간이다.

"그건 저도 잘 모르겠습니다요."

이틀 후,

푹 쉬고 복귀한 여응암 무사에게 이에 대해 물었다.

"아, 그게 말입니다."

그는 뒷목을 긁적이며 대답했다.

"제 부인이 글을 좀 알아서 기본적인 건 알려 주고 있고⋯⋯ 사실 학당의 순번을 기다리는 중입니다."

"순번을요?"

"숭양현에서 가장 유명한 학당의 입당을 기다리는 순번 말입니다."

"정원이 몇 명인데 순번까지 있는 겁니까?"

"정원이 딱 오십 명이라고 들었습니다."

그러고 보니 숭양현에는 학당이 별로 없었다.

그도 그럴 것이, 학당을 열 만큼 배운 이들은 북경에 있으려고 하지 지방으로 내려오려고 하지 않았기 때문이다.

그래서 현풍국의 직원들이 북경으로 가게 되자 아이들 교육 문제가 해결되었다고 좋아했었지.

생각해 보니 교육 문제뿐만 아니라 아이들의 육아도 문제다.

은해상단에서 일하는 여인이 육아로 인해 일을 쉬게 되면 그건 상단에게도 손해다.

경력이 쌓였다는 건 그만큼 상단에 필요한 인재라는 의미다.

그런데 육아 때문에 일을 그만두게 되면, 상단 입장에서는 새로 사람을 뽑아서 교육시켜야 한다.

믿을 만한 사람을 고용하는 건 진짜 힘든 일이거든.

물론 그 개인에게도 손해겠지만, 아무래도 내가 소단주인 만큼 상단의 입장에서 생각할 수밖에 없다.

더군다나 이번에 홍금소 부인이 출산을 한다면 육아로 인해 일을 쉴 수밖에 없다.

아니면 유모를 고용해야 하는데, 그 비용도 만만치 않고……

나는 자리를 박차고 일어나며 말했다.

"우리 은해상단에 보육 및 교육을 담당할 학당을 만들어야겠어."

"네?"

"내가 왜 그동안, 이 생각을 하지 못했을까?"

나는 즉시 아버지에게 갔다.

내 이야기를 들은 아버지께서는 긍정적인 반응을 보이셨다.

"좋은 생각이로구나. 하지만 그 비용을 마련한 방도도 강구해 봐야 한다."

"그 비용이 모자라다면 제가 보태겠습니다."

"네가 말이냐?"

"네. 저도 돈을 꽤 모았거든요."

아버지는 네가 돈이 있으면 얼마나 있겠느냐는 표정이셨지만.

사실 아버지. 제가 아버지보다 부자일 겁니다.

아버지께서는 선선히 고개를 끄덕이셨다.

"그럼, 의견을 먼저 수렴해 보자꾸나."

이 일은 일차적으로 그 혜택을 받게 될 이들의 의견이 중요한 일이니까.

나는 즉시 종이를 꺼내어 글을 적었다.

[아이의 육아부터 성인이 되기 전까지의 교육을 담당할 곳을 만들고자 합니다. 의견을 주십시오.]

그리고 그걸 게시대에 딱 붙여 놓았다.

다음 날,

팔갑은 커다란 바구니를 들고 낑낑대며 별당으로 들어왔다.

"어? 그게 다 뭐야?"

"뭐긴 뭡니까요? 의견서입니다요."

"벌써 그렇게 모인 거야?"

"이거 말고 또 있습니다요."

잠깐…….

그러고 보니 저 의견서 검토, 내가 해야 하는구나.

아…….

나도 모르게 일거리를 또 만들고 말았다.

왜 눈물이 나지?

어쨌거나 이미 벌어진 일이고, 내가 해야 할 일이다.

나는 쓴웃음을 지으며 팔갑에게 말했다.

"그거 내 집무실로 가져다 줘."

"알겠습니다요."

내 말에 팔갑은 그걸 별당에 있는 내 집무실에 가져다 놓았다.

잠시 후.

집무실로 돌아온 나는 가득 쌓인 의견서를 보며 한숨을 내쉬었다.

내 설명을 들은 서향 소저는 질렸다는 표정으로 물었다.

"그러니까, 이걸 전부 검토해야 한다는 거죠?"

"네. 그렇습니다."

"실제로 보니 더 어마어마하네요. 어서 검토를 시작하는 게 좋을 것 같네요. 안 그러면 집무실에 발 디딜 틈도 없어질 테니까요."

그 말은 앞으로도 의견서가 더 쏟아진다는 건데……

어쩔 수 없지.

"팔갑아. 다른 호위들 좀 불러 줄래?"

고양이 손이라도 빌려야 하는 마당이었는데, 내 호위들은 모두 글을 읽을 줄 아니까.

잠시 후, 여섯 명의 호위무사들이 모두 내 집무실로 들어왔다.

"지금부터 이것들을 읽고 분류하시면 됩니다. 반대 의견은 왼쪽에, 찬성 의견은 오른쪽에 놓으면 됩니다. 그리고 무언가 제안이 적혀 있는 것들은 가운데에 놔주시면 됩니다."

 그렇게 검토 작업이 시작되었다.

 내 호위무사들의 손은 고양이 손이 아닌 범의 손이었다.

 일반적으로 칼밥을 먹고 사는 이들은 무식하다는 인식이 있다.

 하지만 이는 틀린 생각이다.

 여러 무공 구결뿐만 아니라 수많은 혈도와 투로까지 외우고 이해해야 하는 게 무림인이다.

 학문을 배우지 않은 것뿐, 머리가 좋아야 뛰어난 무인이 될 수 있다.

 나는 그 진리를 다시금 확인할 수 있었다.

 내 호위들은 빠른 속도로 의견서를 읽고 분류하고 있었기 때문이다.

 서향 소저야 말할 것도 없고.

 그리고 반대 의견은 한 건도 없었다.

 전부 찬성한다는 의견이었고, 또 운영 방식에 대한 의견이 적힌 것도 상당수.

 이렇게나 원했었구나.

 이걸 진작에 알아차리지 못한 내 실책이다.

 이렇게나 원하는데 안 할 이유도 없지.

 그렇게 사흘에 걸쳐 의견을 수렴하고는 본격적으로 움직이기 시작했다.

 우선 건물을 확보해야 한다.

아무래도 아이들의 안전이나 그 부모들의 편의를 위해서 상단 내에 건물이 있는 게 좋다.
 일반적으로는 난감해지겠지만, 은해상단은 괜찮다.
 선조들께서 미리 예비해 두신 것인지, 상단 부지가 상당히 넓었기 때문이다.

 .
 .
 .

 며칠 후 아침.
 나는 식당으로 향했다.
 우리 가족의 아침 식사에는 열두 살이 넘어야 참석할 수 있다.
 열두 살 미만은 아직 사리 분별이 되지 않는 나이라고 보기 때문이다.
 아무리 편한 가족 식사라고 해도 상단주와 소단주들이 자리한 이상, 상단의 기밀이 나올 수도 있다.
 그런 이야기를 바깥에서 잘못 꺼내기라도 하면 일이 곤란해지니까.
 그렇다고 어린아이가 모르고 한 일에 책임을 물릴 수도 없는 일이고.
 설령 책임을 물린다고 해도 어떻게 물린단 말인가?
 그렇기에 애초에 아침 식사 자리에 참석하지 못하게 하는 것이다.
 "좋은 아침이구나!"

"조부님. 기침하셨습니까?"

가장 먼저 들어오신 분은 조부님이다.

내 나이가 이제 스물두 살이니, 내가 다시 돌아온 지 벌써 칠 년째이다.

그리고 그동안 조부님도 많이 늙으셨다.

이전 삶에서 조부님은 팔 년 뒤, 내가 서른 살이 되었을 때 돌아가셨다.

게다가 얼마 지나지 않아 아버지마저 병사하시면서 상단이 많이 혼란스러웠지.

"그래, 얼마 전에 스물두 번째 생일이었지?"

"네. 조부님."

"쌍수의 생일임에도 생일 연회를 하지 못해서 아쉬웠겠구나."

"아닙니다. 모두 바쁜 걸 아는데요."

생일 중에서도 쌍수의 생일이라고 하여 열한 살, 스물두 살, 서른세 살처럼 같은 숫자가 반복될 때 다른 생일보다 더 크게 연회를 베푼다.

"그리고 시기가 시기잖아요."

조부님께서 흐뭇한 미소를 지으며 고개를 끄덕이셨다.

"생각이 깊구나. 하지만 그냥 넘어갈 수 없어 너에게 주려고 준비한 선물이 있단다."

선물?

그런데 내가 호북성 본단에 돌아온 지 닷새가 넘었다. 그런데 왜 지금 그런 말씀을 하시는 거지?

"인근 야장에게 일을 맡겼는데, 생각보다 제작이 늦어져서 말이지."

이렇게까지 말씀하시니 더 궁금해지네.

"어제 저녁에 막 도착했단다. 그러니 이따가 내 처소에 찾아오너라."

"네. 조부님."

그때 다른 식구들이 식당 안으로 들어왔고, 모두가 자리에 앉자 식당의 하녀들이 음식을 내왔다.

오늘 아침은 삼을 넣은 닭죽이네.

우리는 뜨거운 죽을 호호 불어서 먹었고, 잠시 후 차를 마시는 시간이 되었다.

그때 진호 형이 말했다.

"요즘 또 뭔가 일을 하고 있다지?"

"맞아."

나는 고개를 끄덕였다.

"상단 사람들의 아이를 돌보고 교육을 담당해 줄 곳을 만들고 있어."

내 말에 첫째 형수님이 반색했다.

"정말 좋은 생각이에요. 육아하면서 일을 한다는 것이 정말 쉬운 일이 아니거든요."

"이번에 의견을 취합해 보고서 알게 되었습니다. 많은 분들이 이 일을 반기고 계시더군요. 실상은 저희 상단을 위한 일인데 말입니다."

나는 조부님을 보며 말했다.

"그래서 말인데, 아직 그 교육기관의 이름을 정하지 못했습니다. 조부님께서 지어 주셨으면 합니다."

내 말에 조부님이 되물으셨다.

"내가 말이냐?"

"네."

이어서 아버지가 거드셨다.

"당연히 아버님께서 정해 주셔야지요. 저희 상단의 가장 큰 어른이신데 말입니다."

"음, 내 고민해 보도록 하마."

.

.

.

아침 식사를 마치고, 나는 조부님의 처소로 향했다.

오늘 조부님이 찾아오라고 하셨기 때문.

곧 조부님의 처소에 도착했고, 안에 내가 왔음을 알렸다.

"들어오너라."

"네."

내가 안으로 들어가자, 조부님께서 자리를 권하셨다.

나는 다탁 앞에 앉았다.

조부님께서는 서탁 위에 올려 두었던 상자를 가져와 내 앞에 놓으셨다.

"자, 열어 보거라."

그리 크지 않은 적당한 크기의 상자.

나는 기대를 품고 상자를 열어 보았다.

"……!"

그 안에 들어 있는 건 한 자루의 비수였다.

하지만 그 형태가 다른 비수와 좀 달랐다. 무척 가늘면서도 날카로운 것이 암기에 가까운 느낌이었다.

"네 아비에게 들으니, 돌아다니지 않는 곳이 없다고 하더구나."

"예, 어쩌다 보니……."

"그러다 보면 무기를 지닐 수 없을 때 무기가 필요한 경우가 생길 것이다. 그래서 이것을 만들라고 염씨 노장에게 의뢰했지."

어쩐지 솜씨가 예사롭지 않더라니.

염씨 노장이라면 내가 진호 형의 창을 의뢰한 적도 있는, 솜씨 좋은 장인이다.

그는 항상 의뢰비에 맞는 수준의 물건을 제작했다.

이 정도면 꽤 거금을 들여 의뢰한 것일 터.

"신체 어느 부위에 숨겨도 들키지 않게 만들었다."

"감사합니다. 조부님."

나는 진심으로 조부님께 감사의 인사를 했다.

내가 어디에 있어도 안전하길 바라는 마음이 느껴졌기 때문이다.

"아, 그리고 아까 아침에 말한 것 말이다. 내 생각해 보았다. 그 이름을 영영원(榮寧園)이라 하는 건 어떻겠느냐?"

"영영원이요?"

"그래. 무탈하게 꽃이 피고 이파리가 무성해짐을 의미한다."

"좋은 이름입니다."

"그리고 세부적으로 유아들을 보살피기 위한 시설, 보살핌과 교육을 제공하는 시설, 교육만을 제공하는 시설로 나누어 운영하는 것이 효율적이라고 본다."

조부님의 말씀은 충분히 일리가 있었다.

"그 모두를 합해 영영원이라 하며, 세분화하여 유당, 소당, 청당으로 운영하는 게 좋을 듯하구나."

그렇게 영영원이라는 이름이 생기며 내가 추진하는 일에 정체성이 갖춰지기 시작했다.

조부님께 받은 비수가 든 상자를 들고 나온 나는 내 처소로 향했다.

"도련님, 그러면 이제 보모들과 훈도들을 고용하면 되는 겁니까요?"

"그렇지. 그리고 공개적으로 면접도 봐야지."

"면접을 말입니까요?"

"응. 인성도 봐야 하니까. 혹시라도 기분 나쁘다고 아이들에게 화풀이하면 안 되잖아."

"맞는 말씀입니다요."

다음 날 은해상단에서는 공고를 냈다.

보모와 훈도들을 모집하기 위한 공고.
아직 건물의 공사도 있는 만큼 그 기간은 넉넉하게 잡았다.

어느덧 본단으로 돌아온 지 보름이 다 되어 가고 있었다.
바깥의 날씨는 겨울에 접어들고 있었다.
"북경은 무척 춥겠습니다요."
팔갑의 말에 나는 고개를 끄덕였다.
"아무래도 그렇겠지."
그렇게 이런저런 이야기를 하며 걷던 도중 반가운 얼굴이 보였다.
"아! 대협!"
환하게 웃으며 나를 보고 인사하는 이는 사부님의 장남인 곽형진.
처음 만났을 때 열두 살의 소년이었는데, 어느새 열아홉 살의 청년이 되어 있었다.
그 훤칠한 모습을 보니 뭔지 모를 뿌듯함이 느껴졌다.
"오랜만이네. 그런데 대협이라니, 그냥 소단주라고 불러."
"그래도 대협이라 부르는 것이 더 듣기 좋지 않나요?"
"그래서 그리 말하는 거야. 나에게는 과분한 호칭이니까."
내 말에 곽형진은 피식 웃으며 말했다.

"그럼, 소단주님이라고 불러드릴게요."

"그래."

시간이 지나서 정호 형이 정식으로 상단주가 되면 그때부터는 소단주가 아닌 현풍국주라 불리겠지.

지금은 둘 다 섞여서 부르고 있는데, 별 상관은 없다.

그것들 모두 나를 지칭하는 호칭이니까.

"그나저나 잘 지냈어?"

내 물음에 그는 고개를 끄덕였다.

"네. 잘 지내고 있습니다."

"퇴청하나 보네."

"네."

곽형진은 은풍대에서 일하고 있는데, 거의 실질적인 이인자로 꼽히고 있다.

웬만한 일들은 그를 통해 은풍대주님께 전해지고 있으니까.

곽형진 덕분에 더 이상 은풍대의 무사들은 서류 작업을 미루지 않았고, 그래서 재경각과 같이 서류 작업을 하는 문사들은 곽형진을 더욱 예뻐하고 있었다.

"아! 아버지께서는 며칠 내에 돌아오실 것 같아요. 표행을 마치고 돌아오고 있다는 서신을 받았거든요."

"그래?"

호북성에 돌아오자마자 사부님을 만나 뵐 생각이었지만, 사부님께서는 표행 중이셨기에 만나지 못했다.

만약 은해상단의 표행이었으면 언제 돌아오실지 알 수

있었겠지만, 다른 곳의 표행이었기에 언제 돌아오실지도 모르고.

그런 상황에서 곽형진이 알려 준 사부님에 대한 소식이 무척 고마웠다.

그때 문득 곽형진이 석일송과 함께 쌍벽을 이루는 수재라는 것이 떠올랐다.

"형진아."

"네?"

"이번에 공고 낸 거 봤어? 영영원의 훈도를 모집한다는 공고 말이야."

"아, 네. 그거라면 봤습니다."

"생각 없어? 너라면 자격은 충분할 것 같은데?"

내 질문에 곽형진이 고개를 저으며 대답했다.

"하지만 저는 은풍대의 직원인걸요. 은풍대의 일에 충실하고 싶습니다."

본인이 그리 생각한다면 어쩔 수 없지.

게다가 책임을 논하는 그 자세에 좋은 점수를 주고 싶었다.

"그렇구나. 장하네."

"네?"

"맡은 일에 소홀히 하지 않겠다는 그 자세 말이야. 은풍대주님이 들었다면 무척 칭찬하셨을 거야."

고일평 대주님은 그런 책임감 있는 자세를 무척이나 좋아하셨으니까.

"헤헤. 그런가요?"

내 말에 곽형진은 쑥스러워했다. 그러다가 하늘의 해를 보더니 말했다.

"죄송하지만 저 먼저 자리를 떠도 될까요? 일송이가 기다리고 있거든요."

석일송과 약속이 있는 모양이었다.

"아, 내가 너무 오래 잡은 모양이구나. 어서 가 봐."

"그럼 저 먼저 가 볼게요. 안녕히 계세요."

곽형진은 포권하며 인사하고는 자리를 떴다.

음…… 훈도 자리에 석일송을 끌어와 볼까?

잠시 그런 생각을 하다가 이내 고개를 저었다. 석일송을 데리고 온다면 분명 유 총관이 기를 쓰고 반대할 테니까.

.
.
.

그 후로 이틀이 지난 새벽에 나는 눈을 떴다.

드디어 사부님께서 돌아오셨고, 오늘부터 수련을 재개하겠다는 전언을 받았으니까.

수련할 채비를 마치고 마당으로 나가니, 호위들이 나에게 포권하여 예를 갖추었다.

"좋은 아침이에요."

그리고 서향 소저가 나와 있었다.

그녀는 요즘 나와 수련을 같이 하고 있었다.

하지만 아직 정식으로 무공을 가르치고 있지는 않았다.

내가 그녀에게 알려 줄 무공은 바로 극천검 곽훈의 무공인 천류빙검.

하지만 이에 대해 사부님께 허락을 받기 전이었기에, 아직 소저의 일과는 마당을 달리며 체력을 기르는 일이다.

이는 시간 때우기가 아닌 반드시 필요한 일이다. 무공을 배운다는 건 체력이 필요한 일이니까.

"그럼 달리기를 시작하십시오. 저는 운기조식을 하겠습니다."

"네."

서향 소저는 별당의 넓은 마당을 달리기 시작했고, 나는 운기조식을 시작했다.

그렇게 운기조식을 마치고 자리에서 일어나자 사부님이 별당 안으로 들어오셨다.

"사부님을 뵙습니다. 그동안 강녕하셨습니까?"

"물론입니다. 잘 지내신 듯하니 다행이군요."

"네. 그리고 사부님께 소개해 드릴 사람이 있습니다."

나는 서향 소저를 불렀고, 그녀가 내 옆에 섰다.

"일전에 말씀드린 서향 소저입니다."

"곽 대협을 뵙습니다."

"처음 뵙겠습니다. 곽명현입니다."

인사를 주고받은 사부님께서는 나를 보며 말씀하셨다.

"소저와는 나중에 이야기하고, 우선 소단주님과 대화

를 해야 할 듯합니다."

"네. 그럼 소저께서는 다시 수련을 시작하십시오."

내 말에 서향 소저는 다시 연무장을 달리기 시작했다.

사부님께서 조심스럽게 물으셨다.

"소단주님⋯⋯ 설마, 현재 경지가 초절정인 겁니까?"

역시 내 경지를 알아차리셨구나.

"네. 그렇습니다."

내가 고개를 끄덕이자, 사부님께서는 한숨을 내쉬셨다.

"그렇다면 이제 결정을 하셔야 할 때가 왔습니다."

"네? 결정이요?"

대체 무슨 결정이기에 이리도 심각한 표정으로 말씀하시는 거지?

85장. 소궁주

사부님께서 복잡한 표정으로 말씀하셨다.

"솔직히, 이렇게 빨리 이런 날이 올 줄은 몰랐습니다."

"저도 제가 이렇게 빨리 초절정이 될 줄은 몰랐습니다."

내 말에 사부님은 웃으셨다.

"솔직히 사부로서 제자의 성취를 기뻐해야 하지만, 이 결정을 앞두고는 온전히 기뻐할 순 없군요."

나는 고개를 갸웃하며 물었다.

"무슨 결정을 말씀하시는 겁니까?"

"제가 최근에 알려 드린 무공은 사실 설풍궁의 소궁주가 배우는 무공입니다."

그건 알고 있다.

"그 무공을 배운 이가 만약 초절정의 경지에 든다면 결정을 해야 합니다. 나아갈 것인지 멈출 것인지."

"그야 당연히 나아가야……."

"앞으로 나아가기 위해서는, 정식으로 소궁주가 되어야 합니다."

"……!"

뭔가 말이 이상하다.

"사부님, 제가 배운 무공이 소궁주가 배우는 무공이라고 하지 않으셨습니까? 그런데 소궁주가 되어야 한다니요? 어폐가 있습니다."

"정확하게 말하자면, 제가 지금까지 알려 드린 소궁주가 익히는 검법이라는 건 소궁주의 자질을 살피기 위한 검법입니다. 소궁주 후보들이 익히는 검법이죠. 이를 통해 궁주는 그 후보를 소궁주로 임명할지 말지를 결정합니다."

"……."

"그리고 그 결정을 통해 다음 진도를 나갑니다. 이후에 제가 알려 드릴 무공은 궁주가 익히는 무공의 전초이기 때문입니다."

그래서 내가 일전에 북경으로 떠나기 전, 새로운 검법은 다녀와서 배우는 거냐고 물었을 때 사부님께서 "저도, 그랬으면 좋겠군요."라고 말씀하셨던 거구나.

사부님께서 말을 이으셨다.

"소궁주가 되기로 결정한다는 건 궁주를 목표로 한다는 의미입니다."

사부님께서는 허리의 검을 빼 드셨다. 그리고 내 앞에

길게 선을 그었다.

지이이익.

"소궁주가 되실 결심이 서셨다면 이 선을 넘으시면 됩니다."

"만약 여기서 멈추는 것을 선택한다면, 사제관계 역시 끝나게 되는 겁니까?"

"당연한 것을 말씀하시는군요."

"그건 좀 싫네요. 저는 사부님과 영원토록 사제관계를 유지하고 싶은데 말이죠."

"……."

나를 바라보는 사부님의 눈동자가 흔들렸다.

"설풍궁이 지금의 상태가 아니었다면, 저는 강제로 소궁주가 되라고 명했을 겁니다."

"반대로 생각하면, 그렇기에 제가 설풍궁의 무공을 배울 수 있던 것 아닐까요? 그게 아니었다면 제가 어떻게 소궁주 후보의 무공을 익힐 수 있었겠습니까?"

"일리가 있군요."

"한 가지 묻고 싶습니다."

"무엇입니까?"

"반드시 초절정에 들어야 소궁주가 될 수 있는 겁니까?"

"그건 아닙니다. 하지만 후보들이 익히는 검법을 익혔으며 초절정이라는 경지에 다다랐을 땐 이 결정이 강요됩니다."

"……."

분명 이는 설풍궁의 존속을 위한 결정일 것이다.

나는 내 앞의 사부님이 그어 놓으신 선을 보았다.

그 선에서 느껴지는 건, 경고다.

소궁주라…….

그런데 사부님, 그거 아십니까?

저는 이미 북해에서 마주한 조사님의 안배를 통해 설풍궁의 재건과 부흥을 부탁받았습니다.

그게 소궁주의 역할이 아니면 무엇이겠습니까?

나는 씨익 웃고는 발을 내밀어 그 선을 넘었다.

그런 나를 보는 사부님의 표정은 뭐라 설명하기 힘든 느낌이었다.

"그리…… 결정하신 겁니까?"

"네."

나는 고개를 끄덕이며 대답했다.

"사부님께서 설풍궁의 궁주라는 가혹한 운명을 자녀분들에게 지게 하고 싶지 않아 하시는데, 이 제자가 그 마음을 알아드려야 하지 않겠습니까?"

"……!"

내 말에 사부님의 눈이 커졌다.

"그걸 어떻게…….”

"이미 눈치채고 있었습니다. 만약 사부님께서 형원이나 준하에게 소궁주의 자리를 주고 싶으셨다면 이미 소궁주로 삼으셨을 텐데, 그걸 미루고 계셨으니까요. 그리고 방금 드린 질문으로 확신했습니다."

"죄송하다는 말씀밖에는 드릴 말이 없군요."

이전 삶에서 설풍궁의 궁주는 내가 죽기 전까지 정해지지 않았을 거다.

준하를 창인표국의 표사나 표두로 삼는 게 아니라 내 호위로 받아 달라고 부탁하신 것 역시 그 운명을 피하게 하기 위함이었을 터.

아버지로서 어떻게 그 아들이 가시밭길을 걷는 것을 볼 수 있을까?

그 마음을 조금이나마 짐작할 수 있기에 그 결정을 내가 감히 비난할 수 없었다.

하지만, 준하는 나를 지키다가 죽었지.

내가 소궁주가 되기로 결정한 이유 중 하나는 내 이전 삶에서 나를 지키다가 죽은 준하를 위한 것이기도 하다.

자신이 소궁주가 되어야 한다는 사실을 그가 몰랐을까?

그럴 리가.

준하는 그리 어리석지 않다.

하지만 아버지인 사부님은 그걸 원하지 않았고, 소궁주로 세우지도 않았다.

준하 역시 이 사실에 괴로워했을 터.

하지만 내가 소궁주가 된다면, 더 이상 괴로워하지 않아도 되겠지.

"그리고 사부님."

나는 사부님을 똑바로 마주 보며 말했다.

"조사님의 안배에 접근할 수 있는 유일한 사람이 접니다. 그 말은 즉, 조사님께서 이미 저를 소궁주로 인정하셨다는 거 아닐까요?"

"일리가 있습니다. 하지만……."

사부님은 내 발을 바라보셨다. 정확하게 내 뒤에 있는, 사부님이 그어 놓은 선을.

"정식으로 설풍궁의 소궁주가 된다는 건 가시밭길을 걷게 된다는 겁니다. 설풍궁을 멸문시킨 정체 모를 이들에 의해 목숨을 위협받게 될뿐더러, 소단주님의 가족들도 위험하게 될 겁니다."

사부님이 말씀하셨다.

"지금이라면 선택을 번복할 수 있습니다. 정녕 후회 없으십니까?"

사부님, 이미 제가 걷는 복수의 길은 가시밭길입니다.

목숨의 위협이요?

이미 이전 삶에서 서른아홉이라는 젊은 나이에 백천상단과 무림맹에 의해 죽었습니다.

가족들 역시 비참한 운명을 피하지 못했습니다.

소궁주라는 운명을 거부하든 받아들이든, 제 삶에 별 영향을 주지 못한다는 겁니다.

나는 미소 지었다.

"아까 말씀드렸지 않습니까? 저는 영원히 사부님과 사제관계를 이어 가고 싶다고요."

"그 이유로 이런 선택을 하신 겁니까?"

"그것 역시 수많은 이유 중 하나입니다."

하지만 단순히 사부님을 위해, 설풍궁을 위해, 조사님을 위해 이런 선택을 한 건 아니었다.

설풍궁의 소궁주가 된다면 설풍궁이라는 단체가 내 세력이 된다는 의미다.

즉, 나를 위한 것이기도 하다.

나는 내가 죽을 때 남궁강이 했던 말을 아직도 기억하고 있다.

"윗분들 눈에 거슬리니까."

그가 말한 윗분들이란, 무림맹의 수뇌부.

그렇기에 내 궁극적 복수의 대상이 무림맹인 거다.

하지만 무림맹은 무림 최대의 조직.

그런 곳에 대항하고 복수하기 위해서는 세력이 필요했다.

그런 상황에서 설풍궁의 소궁주라는 자리는 절대 놓칠 수 없는 것.

물론 설풍궁은 도구가 아니다.

당연히 설풍궁을 위해 최선을 다할 생각이다.

나는 사부님을 보며 빙긋 미소 지으며 말했다.

"사부님, 제가 반드시 설풍궁을 번영케 할 것을 약속드리겠습니다."

내 말에 사부님은 입술을 깨무셨다. 눈시울이 붉어지신

것을 보니 울지 않기 위해 안간힘을 쓰시는 듯했다.
 내 말에 감동하신 건가?
 "후……."
 잠시 후, 간신히 마음을 추스르신 듯 말씀하셨다.
 "가장 먼저 이 말을 드려야 했는데……."
 "……?"
 "초절정의 경지에 오르시느라 고생하셨습니다. 결코 쉬운 일이 아니었을 텐데."
 "……."
 이번에는 내가 감동하고 말았다.
 자세히 말씀드리지는 않았지만, 천마신교의 소교주와 생사결을 벌이면서 진짜 힘들었거든.
 너무 힘들어서 포기하고 싶었지만, 거기서 죽을 수 없다는 생각에 이를 악물고 버텨냈다.
 그 노고를 사부님께서 알아주고 계신 것.
 "정식으로 소궁주의 자리를 잇기로 하셨으니, 앞으로 더 신경 써서 가르침을 드리겠습니다. 우선 그간 수련한 것을 확인하는 시간을 가지죠."
 "비무입니까?"
 "정확하게는 지도 비무입니다."
 사부님께서는 다시 검을 빼 드셨다.
 검이 빛나는 걸 보니 검강이다.
 저, 저기, 사부님? 제자와의 지도 비무에 왜 검강까지 쓰시는 겁니까?

방금까지 감동했는데, 그 감동이 싸악 식어 버렸다.

진심을 드러낸 사부님의 기세 때문에 등에 식은땀이 흐르기 시작했다.

초절정에 오른 지금에서야 확신할 수 있었다.

사부님과 나와의 격차는 아직 현격하다는 것을.

저기, 사부님?

검강에 잘못 스치면 제자, 아니 하나밖에 없는 소궁주 죽습니다.

.

.

.

수련이 끝나자마자, 나는 그대로 마당에 드러눕고 말았다.

하…….

눈앞이 노란 것이 죽겠네.

지금까지의 수련은 장난이었다는 듯, 오늘의 지도 비무는 정말 무시무시했다.

초입이긴 해도 초절정인 내가 이렇게 지쳐 쓰러질 정도면 말 다 한 거지.

"오늘 수련은 끝입니다."

그 말에 나는 간신히 일어나 예를 갖추었다.

"가르침에 감사드립니다."

"정식으로 설풍궁의 소궁주가 되기로 하셨으니, 오늘 오후에 창인표국에 들러 주십시오."

"알겠습니다."

중요한 이들에게는 이를 알려야 할 테니까.

"그럼, 제 새로운 조카와 대화를 나누어도 되겠습니까?"

"아, 네. 물론입니다. 그리고…… 한 가지 청이 있습니다."

* * *

곽명현은 창인표국으로 돌아왔다.

"오셨습니까?"

그를 본 이들이 포권하여 예를 갖추었다. 곽명현은 가볍게 고개를 끄덕여 인사를 받았다.

"국주님은?"

"집무실에 계십니다."

그는 곧바로 국주의 집무실로 향했다.

"곽명현입니다."

그의 말에 곧 문이 열렸다. 국주가 손수 문을 연 것이다.

그도 그럴 것이, 곽명현은 설풍궁의 궁주니까.

"어서 오십시오."

"드릴 말씀이 있습니다."

"앉으십시오."

곽명현은 국주에게 말을 놓지 않았다. 이는 세간의 이

목을 속이기 위한 것이다.

"무슨 일이십니까?"

"새로운 소궁주에 대한 이야기입니다."

그 말에 국주는 자세를 고쳤다.

"그 말씀은, 소궁주가 세워졌다는 의미입니까?"

"네."

"은서호 소단주입니까?"

그 말에 곽명현의 눈이 커졌다가 이내 고개를 끄덕였다.

"맞습니다."

"뭐, 이미 예상한 일이기에 그리 놀랍지도 않습니다."

그는 옅은 미소를 지었다.

"지금까지의 그 행적을 보면, 그밖에 없으니까요."

"죄송합니다. 제 아들이 아닌 타인인, 은 소단주를 소궁주로 세우게 되었습니다."

"궁주님께서 죄송할 건 없습니다. 솔직히 지금 저희에게 필요한 소궁주는 궁주의 피를 이은 자든 아니든, 재건에 도움이 되는 소궁주이니 말입니다."

그는 말을 이었다.

"그리고 제가 볼 때 은 소단주는 대단히 뛰어난 인물이니까요."

"그건 맞습니다."

"아무튼, 큰 결정을 하셨습니다."

그 말에 곽명현은 고개를 저었다.

"아닙니다."

"네?"

"제가 결정한 것이 아닙니다. 이 결정은 오로지 제 제자가 한 결정입니다."

이에 국주의 눈동자가 커졌다.

"그 말은…… 그러니까…… '선 앞에서의 선택'을 했다는 겁니까?"

이에 곽명현은 고개를 끄덕였다.

그가 은서호의 앞에 선을 그어 놓고 결정을 강요한 건 그가 즉흥적으로 한 게 아니었다.

설풍궁주의 무공 중 하나, 그 묘리를 담아 그은 선으로 진정한 각오가 없다면 그 선을 넘을 수 없었다.

그 '선 앞에서의 선택'을 할 수 있는 자격에 대해 알기에 국주는 흡족해했다.

"저희 설풍궁의 미래, 기대해도 되겠군요."

"제자가 말하더군요. 설풍궁의 번영을 약속하겠다고."

곽명현은 눈을 감으며 말했다.

"드디어 저세상에서 아버지의 얼굴을 똑바로 볼 수 있을 것 같습니다."

* * *

나는 약속대로 창인표국으로 향했다.

마차를 타고 이동하면서 내 소매 안의 금령을 쓰다듬었다.

금령은 기분이 좋은지 꾸이거리고 있었고.

문득 생각해 보니, 나에게는 설풍궁주의 신물이라는 은 무검이 있었다.

그리고 설풍궁주의 수호영물이라는 한호수도 있었고.

이런 것이 운명인 건가 싶었다.

오늘 아침에는 그런 건 생각하지 못했는데 말이지.

"워워."

생각에 잠겨 있다 보니 어느새 나는 창인표국에 도착했다.

마차에서 내린 나는 팔갑과 호위무사들을 이끌고 차장에 있는 소정문(小正門)으로 향했다.

표국 역시 마차라든지 말 등이 출입하기 위한 곳이 필요했기에 상단처럼 차장이 있다.

그리고 그 차장에서 건물 안으로 들어가기 위한 정문이 있었는데 그 정문을 소정문이라고 불렀다.

"어디서 오셨습니까?"

문지기의 말에 팔갑이 대답했다.

"은해상단의 은서호 소단주이십니다요."

"잠시만 기다리십시오."

그리고 그는 문 옆에 달린 종을 쳤다.

땡땡땡! 땡댕땡! 땡땡땡!

그 종소리에 안에서 누군가 부리나케 달려왔다.

어? 이분이 왜 나오시지?

진호 형의 장인인 하철 표두였다.

"사돈어른을 뵙습니다."
"그리 예를 갖추지 않아도 됩니다. 어서 들어오십시오. 모두가 기다리고 있습니다."
하철 표두는 나를 데리고 한 건물로 향했다.
그 안에는 사부님을 포함해 열한 명의 사람들이 나를 기다리고 있었다.
사부님께서 대표로 말씀하셨다.
"설풍궁에는 열 명의 호법들이 있고, 이들이 현재 설풍궁의 호법을 맡고 있습니다."
그들은 내가 종종 얼굴을 봤던 이들이다.
창인표국의 국주님과 하철 표두님도 그렇고.
"나는 설풍궁의 궁주로서, 이곳에 있는 은서호 소단주를 소궁주로 세우고자 합니다. 이에 대해 반론이 있으신 분은 말씀해 주십시오."
음?
내가 결정하면 되는 거 아니었나?
하지만 생각해 보니 궁주라고 해서 독단적으로 결정할 수는 없겠지.
우리 은해상단도 중요한 안건은 은월각 회의를 통과해야 하듯이.
나는 열 명의 호법들을 찬찬히 살펴보던 중, 한 명에게서 시선을 멈췄다.
그리고 그의 입이 열렸다.
"저는, 반대입니다."

왜 내 예감은 틀리지 않을까?

그 말에 모두의 시선이 그 호법을 향했다.

"반대라고?"

국주의 물음에 그 호법은 고개를 끄덕였다.

"네. 그렇습니다."

"이유가 뭔가? 전일 표두."

그래, 맞아. 저자의 이름이 전일이었지.

"솔직히 말해서 은서호 소단주는 외부인 아닙니까? 외부인이 저희 설풍궁의 소궁주라니! 돌아가신 전대 궁주님께서 통탄하실 겁니다."

"저기……."

나는 조심스레 말을 꺼냈다.

"저도 설풍궁의 제자입니다. 그럼 외부인이라고 할 수 없는 거 아닙니까?"

"제가 말한 외부인은, 궁주님의 피가 이어지지 않은 자를 뜻합니다. 아시다시피 소궁주는 궁주의 피를 이은 자가 되어야 하는 것이 조사님으로부터 이어져 내려온 법도입니다."

아, 그거 아닌데.

틀렸습니다.

조사님께서 궁주의 자리는 핏줄을 통해 이어지는 게 아니라고 말씀하셨거든요.

하지만 내가 그리 말해 봤자, 저자가 그 말을 믿을 리 없지.

"궁금해서 그런데, 그와 관련된 기록이 있는 겁니까?"

"설풍궁의 모든 것이 재가 되어 버렸는데, 남아 있을 리가 없지요."

"그럼 그 기록을 보신 분 계십니까?"

내 물음에 호법들은 서로를 바라보았고, 고개를 저었다.

"모르겠군. 그런 기록이 있었나?"

"난 못 봤는데? 자네는?"

"나 역시……."

그때 사부님이 입을 여셨다.

"지금까지 그리해 왔지만 사실, 그런 기록은 없습니다."

"……."

사부님께서 깔끔하게 정리해 주셨다.

"또 다른 반론, 있습니까?"

사부님의 질문에 다른 호법들은 고개를 저었다.

하지만 전일 표두는 그래도 수긍하지 않았다.

"제가 반대하는 이유는 그것뿐만이 아닙니다. 저희는 그 자질을 보지 못했습니다."

하철 표두가 답답하다는 듯 말했다.

"지금까지 은서호 소단주가 행한 일들에 대해 듣지 않았소? 게다가 선협미랑이라는 명호까지 얻은 자이오!"

"설풍궁은 무공이 중요합니다! 제가 직접 그 무위를 보기 전에는 인정할 수 없습니다."

전일 표두는 고개를 돌려 사부님을 보며 말했다.

"부디, 이 호법의 충심을 헤아려 주십시오."
"어떻게 하길 원하는 겁니까?"
"그건……."
"잠시만요. 전일 표두님."
나는 미소를 지으며 끼어들었다.
"저와, 비무 한번 해 주시죠."
"내, 내가 왜?"
"그야, 제 무위를 확인하고 싶다고 하지 않으셨습니까? 본인이 직접 확인하기 위해서 그 방법이 최고죠. 아닙니까?"
내 물음에 모두 고개를 끄덕였다.
"그건 그렇지."
"맞는 말이지."
나는 사부님께 말했다.
"그러니, 허락해 주십시오."
내 청에 사부님이 고개를 끄덕이셨다.
"허락하겠습니다."

.
.
.

잠시 후.
나는 전일 표두의 집무실에 잠입했다.
창인표국은 각 표두에게 개인적으로 쓸 수 있는 집무실을 하나씩 제공하고 있다.

지금 내가 이곳에 잠입해 있을 수 있는 것은, 전일 표두가 하철 표두와 함께 있기 때문이다.

나는 아까 회의가 끝나고 조용히 하철 표두에게 부탁했다. 반 시진만 전일 표두와 함께 다른 곳에 있어 달라고.

내가 그렇게까지 한 이유는 바로 그를 몰아내기 위한 증거를 찾기 위해서다.

그래서 대련도 일부러 내일로 미루었다.

내가 소궁주가 되는 것을 전일 표두가 결사적으로 반대하는 게 의아했다.

다른 이들은 모두 순순히 인정하는데, 왜 그렇게까지 인정하지 않는 걸까.

게다가 표정에서 느껴지는 초조함.

그리고 그에게서 느껴지는 좋지 않은 느낌.

그 말은 즉, 뭔가 제 발 저리는 일이 있다는 의미다.

나는 지난 삶에서 창인표국에서 있었던 일들을 떠올려 보았다.

그리고 그 기억 가운데 하나의 실마리를 찾아냈다.

"도련님, 그거 들으셨습니까?"

"뭐?"

"창인표국의 한 표두가 거액을 횡령했다고 합니다요. 그것도 물경 금자 천 냥에 달한다고 합니다요."

"그래? 엄청 많이도 해 먹었네. 그나저나 그 정도 횡령할 때까지 왜 아무도 몰랐대? 솔직히 표국이라는 데가

셈에 그렇게 어두운 곳도 아니잖아?"

"도련님도 참, 믿는 도끼에 발등 찍히고 믿는 식도에 손 베인다는 말이 왜 나왔겠습니까요?"

"하긴…… 신뢰를 저버리는 인간은 어디에나 있기 마련이니까."

그게 내가 죽기 십 년 전쯤의 일이다.

그래서 생각하지 못하고 있었는데, 그 후로 전일 표두의 모습이 보이지 않았던 것이 기억났다.

그래서 이렇게 조사를 하게 된 것이다.

그의 행태를 보면 켕기는 게 분명히 있을 테니까.

그리고 이 시간을 벌기 위해서 비무를 제안한 것이다.

진짜로 비무를 하기 위해서가 아니었다.

나는 차근차근 그 집무실을 살피기 시작했다.

그리고 이런 인간들이 횡령한 것을 숨겨 두는 곳은 정해져 있는 법이다.

생각했던 곳들을 자세히 살펴보던 나는 실소를 흘릴 수밖에 없었다.

"여기네."

내가 본 곳은 서가의 아래쪽.

바닥에는 옆으로 길게 선이 그어져 있었다.

그게 단서다.

나는 서가를 옆으로 밀었다.

드르륵.

서가가 옆으로 밀렸다. 바닥의 자국과 서가가 딱 들어맞았다.

서가 뒤쪽에는 작은 벽장이 있었다.

그 벽장 안에 있는 서책에 손을 뻗어 집어 들었다.

그걸 펼쳐 본 나는 두 번째로 실소를 흘렸다.

당첨이군.

* * *

전일은 하철과의 대화를 끝내고 집무실로 돌아왔다.

바로 집무실로 가고 싶었지만, 하철이 계속 붙잡은 탓에 곧바로 돌아오지 못한 것이다.

하철은 그의 집무실에서 은서호를 소단주로 인정해야 한다며 자신에게 열변을 토했다.

그래, 안다.

은서호가 소궁주가 되면 설풍궁의 재건이 빨라지게 될 것임을.

그렇기에 더더욱 은서호가 소궁주가 되어서는 안 된다. 그가 소궁주가 되면 지금까지 자신이 해 왔던 일의 정당성이 사라지게 되니까.

일 처리를 마친 그는 창문을 열었다.

어느새 사방이 캄캄한 밤이다.

창문을 통해 사방을 살핀 그는 주변에 아무도 없음을 확인한 후 창문을 닫았다.

그는 집무실 한쪽에 있는 서가로 향해 그것을 열었다.

그 안에는 지금까지 그가 모아 놓았던 것의 일부와 그 목록이 적힌 장부가 있었다.

사실 장부 같은 건 만들지 않는 것이 안전하겠지만, 그가 장부를 만든 이유는 그동안 빼돌린 재물이 얼마나 되는지, 그리고 숨겨 놓은 장소가 어딘지 기억할 수 없었기 때문이다.

그만큼 거액을 빼돌렸고, 곳곳에 나눠 숨겼다.

이미 설풍궁이 멸문당한 지 오래.

아직까지 버티고는 있지만, 바람 앞의 촛불이나 다름없는 신세다.

자신은 설풍궁과 함께 사라지고 싶지 않았다.

설풍궁의 재건은 그의 목표가 아니었다.

그는 스스로가 잘 먹고 잘사는 것이 목표였다.

'설풍궁의 재건은 그저 망상일 뿐이지.'

그러니 조만간, 목표한 금액이 모이면 이 희망 없는 설풍궁을 미련 없이 뜰 생각이다.

그래서 은서호가 설풍궁의 소궁주가 되면 안 되는 것이다.

그는 상계의 인물인 데다가, 영민하기로 유명했다.

표국 역시 상계에 얽힌 조직이지만, 그래도 호위 및 운송이 주요 업무인 만큼 핵심 인력들이 무인들로 이루어져 있다.

상단만큼 세세하게 돈을 관리하지는 못한다는 뜻.

은서호가 소궁주가 되어 장부를 살펴보기라도 했다가는 자신의 횡령이 들킬 수 있다.

"그러니까…… 반드시 내일 어떤 일이 있어도 은서호, 그 자식을 꺾어 놔야 해. 그게 여의치 않으면 팔이나 다리라도 하나 잘라놔야 한다."

그는 음험한 표정으로 중얼거리고는 다시 서가를 원래대로 해 놨다.

그리고 촛불을 끄고 집무실을 나섰다.

잠시 후, 천장에서 한 인영이 조용히 뛰어내렸다.

그의 서늘한 안광이 어둠 속에서 빛났다.

* * *

늦은 밤, 나는 연회장에서 잠시 나와 몰래 전일 표두의 집무실로 향했다.

아까 내가 확인한 후, 그가 돌아와서 장부를 확인했을 게 분명하기 때문이다.

불안했을 테니까.

비리를 저지른 자는 불안할수록 비리의 증거에 집착하는 경향이 있거든.

예상대로 장부를 확인한 흔적이 있었다.

그럼 이제 장부를 회수해 볼까?

전일 표두는 이게 사라졌다는 것을 꿈에도 모를 거다.

내가 초절정에 오르기는 했지만, 창인표국 내부에서 몰

래 돌아다니는 건 쉬운 일이 아니었다.

나보다 경지가 높은 분들도 계시니까.

그래서 연회를 열기로 했다.

지금 사부님과 다른 분들은 내가 연 연회를 즐기고 계신다.

전일 표두는 그 자리에 참석하지 않고, 혼자서 쉬고 있을 거다.

하긴, 내가 소궁주가 되는 것을 반대하는 자가 내가 베푸는 연회에 참석할 수 있을 리가 없지.

내가 몰래 돌아다니는 것을 들켜도 사부님께서는 이해해 주실 테지만…….

그래도 원래 이런 건 아무도 예상하지 못했을 때 터트려야 효과가 좋다.

그럼 다시 연회장으로 돌아가 볼까?

연회 주최자가 계속 자리에 없으면 실례일 뿐만 아니라 수상하게 보일 테니까.

.

.

.

다음 날.

나는 창인표국에 도착했다.

"저는 걱정이 됩니다요."

팔갑의 말에 나는 웃으며 손을 내저었다.

"내 걱정은 할 필요 없어. 내가 질 리가 없잖아."

내 말에 호위무사들이 고개를 끄덕였다.

내가 비무를 한다는 말에 호위무사 여섯 명이 모두 나를 따라왔다.

"아니, 그게 아니고요."

팔갑이 말을 이었다.

"비무 상대인 전 표두님 말입니다요."

"응? 나 말고?"

"그럼 제가 도련님 걱정을 왜 합니까요? 도련님이 질 싸움을 걸 분이 아니잖습니까요?"

"어, 마, 맞긴, 맞는데……."

"제가 걱정하는 건 그분이 도련님께 앙심을 품거나 그럴까봐입니다요."

"과연 그럴 정신이나 있을까?"

"네?"

"그런 게 있어."

나는 미리 기다리고 있던 하철 표두를 따라 연무장으로 향했다.

일전에도 와 봤던 연무장이다.

그리고 이미 수많은 이들이 연무장을 둘러싸고 있었다.

이들 모두가 설풍궁의 제자들이다.

본인들이 설풍궁의 제자라는 것을 들키면 곤란하니 이에 대해 비밀로 하고 있었다.

그러니 나에 대해서도 비밀을 지킬 터.

그리고 한쪽에는 사부님과 다른 호법들이 서 계셨다.

"그럼, 지금부터 비무를 시작하겠습니다. 양 측은 나오십시오."

하철 표두의 말에, 나와 전일 표두가 연무장에서 서로를 마주 보았다.

전일 표두가 먼저 말했다.

"지금이라도 포기하면, 비무는 없던 것으로 넘어가 주겠네."

"많은 가르침, 부탁드립니다."

"단념할 생각이 없군."

"네."

전일 표두가 그리 말하는 건, 내 경지에 대해 모르기 때문이겠지.

서우 무사가 말했었다.

내 경지를 알아차리는 건 내가 무공을 사용하는 것을 봐야 알 수 있다고.

분명히 남궁강 상단주도 나를 보고도 내 경지를 알아차리지 못했지.

어?

그런데 사부님은 나를 보자마자 알아차리셨지 않나?

사부님의 경지쯤 되면 뭔가 다른 건가?

아무튼, 사부님께서는 내 경지에 대해 따로 알리시지는 않은 듯했다.

감사한 일이네.

그나저나 전 표두님, 미안하지만 오늘 제가 표두님과

검을 맞댈 일은 없을 겁니다.

나는 전일 표두에게 말했다.

"그런데 표두님, 왜 제가 소궁주가 되는 걸 그렇게까지 반대하시는 겁니까?"

"그야 당연히······."

"제가 사부님의 직계가 아니라든지, 제 무공이 미덥지 못하다는 것 말고 진짜 이유 말입니다."

내 말에 그는 움찔했다.

"무슨 소리냐? 다른 이유는 없다!"

"저는 진짜 이유를 알고 있습니다. 말씀하기 어려우시면 제가 말씀드리죠."

나는 씩 웃었다.

"지금까지 설풍궁의 돈을 횡령한 거 들킬까 봐 그러신 거 아닙니까? 제가 소궁주가 되면 장부를 점검할 테고 그러면 들킬 테니까."

내 말에 그는 버럭했다.

"어디서 모함이냐? 그 입 닥쳐라!"

옆에서 다른 호법이 말했다.

"증거도 없이 사람을 함부로 몰아가면 안 됩니다."

"횡령이라요! 허허, 전 표두가 그럴 리가 없습니다."

에휴,

이런 순진한 분들.

그러니까 그렇게 오랜 시간 전일 표두가 횡령을 할 수 있던 겁니다.

그리고 뒤통수 거하게 맞으신 거고요.

그런 우리를 묵묵히 보고 있던 사부님께서 입을 열었다.

"소단주님."

"네, 사부님."

"제가 아는 소단주님은 확실하지 않은 것에 대해서 이리 확언하실 분은 아닙니다."

"역시 사부님이십니다. 저에 대해 잘 아시네요."

나는 씩 웃으며 품에서 서책 하나를 꺼냈다.

"그건?"

"아, 이건 장부입니다. 전일 표두가 그동안 빼돌린 것들이 적힌 장부죠."

내 말에 그의 안색은 파리해졌고, 떨리는 목소리로 물었다.

"그, 그게 내 비리의 증거라는 증거는?"

"필체가 전 표두님의 필체던데요?"

"피, 필체 따위야 흉내 낼 수 있는 거다. 막말로 누가 아느냐? 그게 네가 나를 모함하기 위해 만든 가짜일 수도 있다."

그나저나, 내가 아직 소궁주가 아니라고 해도 엄연히 거래처의 소단주인데 막 하대하시네.

"네놈이 소궁주가 되는 것을 반대했다는 이유로 그걸 만들었겠지. 나를 쳐내기 위해서!"

"뭐, 마음대로 생각하세요."

소궁주 〈109〉

나는 피식 웃었다.

"그러면 이 장부, 전일 표두님 장부가 아니라는 거죠?"

"아니다! 내 것일 리가 없지!"

"그러면 이 장부가 제가 전일 표두님을 모함하기 위해 만든 거라는 거죠?"

"물론이지!"

"음, 어디 보자…… 숭양현 뒷산 바위에 숨긴 은자 오십 냥, 그 옆의 소나무 아래에 숨긴 금부처, 서가의 애앵루에 투자한 금원보 다섯 개…… 이거 말고도 엄청 많은데 이게 다 제 거라는 거네요?"

"……."

내 말에 그의 눈동자가 흔들렸다.

"아, 좋아라. 이게 다 얼마야?"

"그, 그게, 그러니까……."

입이 바짝바짝 마르고 목이 타죠?

당연하지.

지금까지 열심히 빼돌린 것들을 한순간에 몽땅 빼앗기게 생겼으니까.

"어디 보자…… 와, 영단도 있네요? 이 영단 엄청 비싼 영단인데."

"……."

내 말이 이어질수록 내 주변에 있는 이들의 안색은 어두워졌다.

전일 표두의 표정이 점점 하얗게 질리고 있음을 알아차

렸기 때문이다.

음, 그만 놀려야겠네. 이러다가 졸도하겠어.

"아무튼, 횡재했네요."

나는 그 장부를 서우 무사에게 주며 말했다.

"여기에 적혀 있는 것들, 전부 찾아서 제 집무실에 가져다 놓으세요."

"명을 받듭니다."

그리고 서우 무사가 다른 호위무사들과 장부에 적힌 것들을 찾으러 가려던 그때.

"주, 죽여 버릴 거야!"

전일 표두가 이성을 잃은 채 검을 뽑아, 내게 달려들었다.

챙-!

하지만 그 검은 다른 누군가의 검에 막혔다.

"어?"

사부님이셨다.

"전 표두."

사부님의 음성에 그는 움찔했다. 그 음성에 진기가 실려 있었다.

"사실대로 말해 주십시오. 저 장부, 누구의 것입니까?"

"……."

"전일 표두!"

사부님의 일갈에 전일 표두는 움찔했고, 뒷걸음질 쳤다.

"그, 그게……."

아까와 달리 주춤거리는 모습.

그것만 봐도 이미 상황은 명백했다.

"저는…… 그러니까…… 저는……."

"전일!"

재차 이어진 사부님의 일갈.

털썩.

사부님의 기세를 견디지 못한 전일 표두는 그 자리에 주저앉았다.

나조차 저릿저릿할 정도인데 그가 사부님의 기세를 버틸 수 있을 리가 없지.

"제발 아니라고 말해 주십시오."

전일 표두는 주변을 둘러보았다.

지그시 눈을 감고 있는 이, 깊은 한숨을 내쉬며 시선을 피하는 이 등.

이미 틀렸다는 것을 깨달은 그는 고개를 숙이며 대답했다.

"죄송합니다."

그 대답에 사부님은 눈을 질끈 감으셨다.

그 표정에서 느껴지는 건, 배신감과 상처였다.

설풍궁의 재건이라는 목표를 향해 같이 달리던 이가 사실은 딴마음을 품고 있었다는 것이 밝혀졌다.

상처받지 않으실 리가 없지.

사부님께서 상처받으실 것을 알면서도 지금 이 일을 밝

혀낸 건, 나중에는 더 큰 피해를 줄 것이기 때문이다.

그리고 상처도 더 클 테고.

"언제부터였습니까?"

"십 년…… 정도 되었습니다."

"표두가 되었을 때부터군요."

"……."

"이유가…… 후우."

사부님은 숨을 몰아쉬셨다. 그리고 마른세수를 했고, 그에게 물었다.

"이유가 뭡니까?"

"그게…… 그러니까……."

"이유가 뭔지! 말해 보십시오!"

사부님의 그 목소리 한마디, 한마디에서 깊은 분노가 느껴졌다.

"가망이…… 가망이 없다고 생각했습니다. 설풍궁을 재건할 가망이 없다고 생각했습니다."

"……."

사부님은 이를 악물었다.

그걸 사부님이 어찌 모르실까?

그럼에도 불구하고 설풍궁 재건이라는 가시밭길을 걸어야 하는 게 사부님의 위치다.

어느덧 주변 분위기는 마치 초상집이나 다름없이 변했다.

비통함과 비참함으로 가득한.

사부님뿐만 아니라 설풍궁의 제자라면 생각은 해 봤을 문제니까.

모두가 어렵다는 것을 알고 있는 목표.

하지만 그래도 힘내자면서 서로를 다독이며 나아가고 있었는데, 저 전일이라는 자가 찬물을 끼얹은 거다.

이 분위기, 마음에 들지 않는다.

"가망이 없다고요?"

내 말에 모두의 시선이 나를 향해 집중되었다.

저벅, 저벅,

나는 전일 표두의 앞으로 나아가며 말했다.

"그건 누가 정한 겁니까?"

"그게 현실이니까!"

"현실이라…… 웃기네요."

나는 피식 웃었다.

"물론 현실은 암담합니다. 그래서 뭐요? 당신이 뭔데 이 설풍궁의 미래를 정합니까?"

"……."

"미래는 정해진 것이 아닙니다."

그래, 미래는 정해진 것이 아니다.

미래가 정해진 것이라면, 지금 내가 걷는 길의 끝에 있는 건 지난 삶과 같은 비참한 죽음일 테니까.

이번 생의 미래는 지난 삶의 미래와 다를 것이다.

나는 주먹을 꽉 쥐었다.

이건 나 스스로에게 하는 다짐이기도 하다.

"미래는 얼마든지 바뀔 수 있습니다."

이번에 홍금소 부인을 구함으로써, 다시 한번 그걸 확신할 수 있었다.

"그리고 만약 당신이!"

나는 내 곁의 서우 무사의 손에서 장부를 집어 들며 말했다.

"이 장부에 적힌 거액을 횡령하지 않았다면 설풍궁은 지금보다 훨씬 더 좋은 상황이었을 겁니다! 당신의 이기심이! 당신의 욕심이! 가망이 없다고 규정해 버린 당신의 오만함이! 설풍궁의 희망을 좀먹은 겁니다!"

나는 고개를 돌려 모두를 보았다.

"여러분들도 설풍궁의 미래가 없다고 생각하십니까?"

설풍궁의 제자들뿐만 아니라 표두들도, 아무도 입을 열지 못했다.

나는 단호하게 말했다.

"그리 생각한다면 그리될 겁니다. 하지만 여러분들이 설풍궁이 미래에 번창할 거라 생각한다면 또 그리될 겁니다."

나는 말을 이었다.

"여러분은 어느 쪽입니까?"

"……."

"저는 설풍궁에 희망이 있다는 쪽에 모든 판돈을 걸겠습니다."

"왜입니까?"

하철 표두가 나에게 물었다.

"왜 그리 생각하시는 겁니까?"

"그야, 당연히."

나는 엄지로 나를 가리키며 말했다.

"제가 소궁주니까요. 제가 소궁주로 있는 곳이 망하게 두겠습니까?"

"하하하하!"

내 말에 하철 표두는 파안대소했다.

"과연, 제 딸이 그리 평가한 이유가 있었군요."

응? 둘째 형수님이 대체 뭐라고 말했기에…….

쿵-!

하철 표두는 내게 부복하며 말했다.

"설풍궁의 호법 하철! 소궁주님을 뵙습니다."

이어 창인표국의 국주 역시 나에게 부복했다.

"호법 유성! 소궁주님을 뵙습니다."

국주님의 이름이 유성이었구나.

두 분의 행동이 시작이었는지, 다른 이들도 차례로 나에게 부복했다.

모두가 나에게 부복한 것을 확인한 나는 고개를 돌려 사부님을 보았다.

탁!

나는 사부님께 포권하며 말했다.

"제자 은서호, 사부님의 말씀을 기다립니다."

내 말에 사부님은 고개를 끄덕이셨다.

"나, 설풍궁의 궁주 곽명현은 제자 은서호를 소궁주로 임명하겠습니다!"

나는 씩 웃었다.

이렇게 나는 정식으로 설풍궁의 소궁주가 되었다.

이제 남은 건 전일 표두의 처분뿐.

사부님은 전일 표두에게 다가갔다.

파바박!

그리고 그를 향해 손을 쓰셨다.

"컥!"

전일 표두는 피를 토했다.

"당신의 무공을 폐했습니다. 설풍궁의 무공은 당신 같은 자를 위한 것이 아니니까."

그리 말씀하시는 사부님의 눈에서는 한 점의 온기도 찾아볼 수 없었다.

"뇌옥에 가두십시오. 처벌은 나중에 하겠습니다."

"네!"

한순간에 무공을 잃고 모든 내공까지 잃은 그는 볼품없는 모습이 되어 버렸다.

그는 다른 무사들에 의해 질질 끌려갔다.

나는 사부님께 장부를 내밀었다.

"받으십시오. 사부님. 이건 설풍궁의 것입니다."

사부님께서는 장부를 받고는 잠시 생각하다가 내게 물으셨다.

"그런데 이건 어떻게 손에 넣으신 겁니까?"

"아, 그건⋯⋯."

나는 배시시 웃으며 대답했다.

"비밀입니다."

그런데 사부님께서 장부에 적힌 것을 보시고 뒷목을 잡지 않으실까 걱정되네.

전일 표두가 진짜 많이 해 먹었거든.

* * *

"윽!"

잠시 후,

국주의 집무실에서 은서호가 내민 장부를 살피던 곽명현은 자신도 모르게 뒷목을 잡았다.

해 먹은 규모가 어마어마했기 때문이다.

"허허. 허허허. 허허허허."

국주는 말이 나오지 않는지 헛웃음을 흘렸다.

"후우, 이거⋯⋯ 은 소단주 아니, 소궁주님이 아니었다면 그 피해 규모가 엄청날 뻔했습니다."

"지금이라도 이걸 밝혀내서 천만다행입니다."

하철 표두에 이어 국주가 말을 이었다.

"그나저나 참 재주도 좋습니다. 그동안 우리도 까맣게 몰랐던 것을 소궁주님이 어찌 아셨을까요?"

그 의문은 곽명현이 풀어 주었다.

"아무래도 내부의 사람이니만큼, 눈이 흐려져 있었기

때문이었겠죠. 그리고 제 제자이지만 소궁주의 통찰력은 남다른 면이 있습니다."

그리 말하는 곽명현의 입가에는 살짝이지만, 미소가 맺혀 있었다.

그걸 보며 국주와 하철 표두는 신기하다는 표정을 지었다.

설풍궁이 멸문한 후, 곽명현의 얼굴에서 미소라는 것은 보기 힘들었다.

궁주가 되어 설풍궁을 이끌고, 재건해야 한다는 부담감이 그에게서 여유와 행복을 빼앗아 가 버린 거다.

그의 어린 시절을 기억하는 두 사람은 그것이 못내 안타까웠다.

그런데, 요즘 그에게서 조금씩 미소가 보이기 시작했다.

그들은 그게 누구 덕분인지 알 것 같았다.

그래서 은서호에게 무척이나 고마웠다.

"그나저나 전 표두는 어찌 처리하실 생각입니까?"

국주의 물음에 곽명현은 한숨을 내쉬었다.

"밖으로 내칠 순 없습니다. 아직 누가 설풍궁을 멸문시켰는지 모르는 상황에서 전 표두를 내친다면 그건 위험요소를 만드는 일이죠."

"맞습니다. 아직 정체를 숨겨야 하는 상황이니 그건 아니 될 일이죠."

"그렇다면 결론은 하나뿐이군요."

곽명현은 마른세수를 했고, 자리에서 일어났다.
"제 손으로 끝내겠습니다. 다른 분들에게 동료의 피를 묻히게 할 순 없지 않습니까?"

* * *

창인표국에서 시간을 보내다 보니 어느새 시간은 저녁이 되었다.
여러 사람들이 나를 찾았고, 그들과 이런저런 이야기를 나누다 보니 시간이 훌쩍 지나갔다.
저녁도 먹었으니 이제 슬슬 집에 돌아가야겠군.
그리 생각하며 걷던 나는 뭔가 이상한 느낌이 들어 고개를 들었다.
그리고 지붕 위에 앉아 있는 낯익은 누군가를 마주했다.
사부님이시네.
그냥 못 본 척 지나갈까 했지만, 그 표정이 우울해 보였다.
에휴.
나는 팔갑과 호위무사들에게 잠시 대기하라 하고는 발을 굴러 지붕 위로 올라갔다.
"왜 여기 계십니까?"
"아, 소궁주님 오셨군요."
"소궁주면 소궁주지 왜 소궁주님입니까?"
"아직은 좀 어렵군요."

나는 그 옆에 앉으며 말했다.

"마음대로 하십시오. 호칭에 님자를 붙이든 붙이지 않든 제가 사부님의 제자인 것과 소궁주인 건 달라지지 않는 사실 아닙니까?"

"그렇군요."

사부님은 그리 대답하시며 병의 액체를 들이켜셨다.

"설마, 술입니까?"

아직 금주령이 해제되지 않았는데…….

"꿀물입니다."

아, 그러고 보니 사부님께서는 술병에 꿀물을 넣어 다니시면서 드시곤 하셨지.

전에 나에게 주셨던 것도 꿀물이었고.

"제가 왜 술 대신 꿀물을 마시는지 아십니까?"

대답을 원하시는 게 아니었기에 나는 조용히 듣기만 했다.

"설풍궁이 무너졌던 그 날, 임무를 마친 것을 기뻐하며 술을 마셨습니다. 그 바람에 복귀가 늦어졌죠."

"……."

"술을 마시지 않았다면, 그래서 하루만 일찍 도착했어도…… 설풍궁은 멸문하지 않았을 겁니다. 하다못해 흉수가 누군지 알 수 있었을 겁니다."

사부님은 병을 들어 보이셨다.

"그때 결심했습니다. 설풍궁을 재건할 때까지 술을 마시지 않겠다고. 이 꿀물은 그 결심이 담긴 상징입니다."

"……."

나는 아무 말 없이 묵묵히 사부님의 말씀을 들었다.

"그런데, 이게 또 마시다 보니 좋은 점이 있더군요. 기분이 우울할 때 기분을 좀 나아지게 한다는 겁니다."

사부님은 그렇게 말씀하시고는 깊은 한숨을 내쉬셨다.

"후, 소궁주님."

"네."

"저는 오늘, 전일 표두를 베었습니다."

나는 입술을 깨물었다.

사실 짐작하고 있긴 했다. 사부님에게서 비릿한 피 냄새가 났으니까.

"사실, 비수를 주면서 스스로 목숨을 끊으라고 했습니다. 하지만 그는…… 내게 매달리더군요. 잘못했다고, 한 번만 더 기회를 달라고. 그러나 그는 위험요소였습니다. 다른 이들의 안전을 위해서라도…… 벨 수밖에 없었습니다."

사부님은 나를 보셨다.

"이게, 궁주가 해야 하는 일입니다. 이걸 소궁주님께서는 감당하실 수 있으시겠습니까?"

"저는……."

하지만 사부님께서는 내 말이 제대로 시작되기도 전에 말을 이으셨다.

"사실 저는 소궁주님이 소궁주가 되지 않기를 바랐습니다. 이 가시밭길을 걷게 하고 싶지 않았습니다."

나에 대한 사부님의 그 마음이 전해졌다.
자신의 아들들을 아끼셨던 것처럼 나 역시 아끼셨던 것이다.
"그런데 일이 이렇게 되었군요."
나는 한숨을 내쉬었다.
사부님……
꿀물을 드시고 취하시면 어떻게 합니까?
물론, 지금 사부님을 이리 감정적으로 만든 건…… 오늘 있었던 일 때문일 거다.
꿀물 때문이 아니라.
"후…… 너무 말이 많았군요. 이만 가 보십시오."
사부님의 얼굴은 어느새 평소처럼 무심하게 변해 있었다.
참 단단한 분이다. 사부님은.
"그리고 오늘, 감사했습니다. 여러모로."
"별말씀을 다 하십니다."

나는 지붕에서 내려왔고, 팔갑과 호위에게 말했다.
"가자."
"네."
그때 지붕 위에서 사부님이 나를 부르셨다.
"아, 이걸 드리는 것을 잊었군요."
사부님께서 나에게 뭔가를 던지셨고, 나는 그것을 받았다.

"이건……."

"소궁주의 신패입니다."

이게 손에 들어오니, 진짜 내가 소궁주가 되었음을 실감할 수 있었다.

"감사합니다. 그럼 저는 이만 가 보겠습니다."

그렇게 소궁주의 신패를 품에 넣고, 다시 발걸음을 옮겼다.

그런 내 뒤에서 사부님의 목소리가 들렸다.

"내일 새벽, 새로운 검법을 가르쳐 드리겠습니다. 그러니 각오 단단히 하십시오."

"네?"

나도 모르게 뒤돌아 반문하고 말았다.

"내일은 오늘보다 좀 더 힘들 겁니다."

저, 저기, 사부님.

오늘보다 더 힘들면…….

저 진짜 죽을지도 모르는데요?

순간, 소궁주의 신패를 반납하고 싶다는 생각이 잠깐 들었다.

86장. 북해빙궁에서 온 서신

북해빙궁에서 온 서신

 어느새 봄이 다가오고 있었다.
 작년에는 상단의 성장이 아닌 내실을 다지는 것에 집중했었다.
 내실을 다지지 않고 성장에만 집중한다면, 그건 속 빈 강정이나 다름없게 되기 때문이다.
 위기가 닥쳤을 때 그것을 극복하지 못하고 무너져 내리고 말 터.
 작년에 가장 신경을 많이 썼던 북경지부의 건립이 그 내실을 다지는 일 중 하나였다.
 그럼에도 상단의 순위가 이십오 위가 된 것을 보면 내가 잘하고 있다는 뜻이겠지.

 지금 나는 서우 무사와 홍금소 부인의 집으로 가고 있

었다.

작년 연말에 홍금소 부인은 무사히 아들을 출산했다.

그리고 외부인의 출입을 금하는 기간이 지난 오늘, 출산을 축하하기 위해 가는 중이다.

서우 무사 역시 계속 집에 머무르고 있다.

그는 호위무사로서 내 곁에 있어야 한다고 고집을 부렸지만, 부인과 태어날 아이가 걱정되는 그 마음을 내가 어찌 모를까?

전에 홍금소 부인에게 큰일이 날 뻔했었으니 더더욱 불안할 터.

그래서 나는 서우 무사에게 명령을 내렸다.

"홍금소 부인은 자무인형의 생산에 있어 핵심 인재입니다. 그러니 제 호위무사로서 홍금소 부인의 보호를 명하겠습니다."

그 말에 서우 무사는 감동한 표정으로 집으로 향했고, 계속 그 곁을 지키면서 일절 밖으로 출입하지 않았다.

갓 태어난 아이를 위해서라도 외부의 나쁜 것들이 옮겨오지 않도록 해야 했으니까.

물론 그간 먹을 식량이나 몸을 보할 약재 같은 것은 미리 챙겨 두었고.

어제 서우 무사를 거의 석 달 만에 보았는데, 그리 행복한 얼굴은 처음 보는 듯했다.

하긴 무사히 자식을 얻었으니 그 기쁨이 오죽할까.

그는 이제 외부인이 방문해도 된다는 것을 알렸고, 나는 오늘 방문하겠다고 말했다.

곧 우리는 서우 무사의 집에 도착했다.

문 앞에 쳐져 있던 금줄은 어느새 걷어져 있었다.

"어서 오십시오!"

나를 알아본 하인이 얼른 달려와 나를 맞이했다.

"어제 대협께 이야기 들었습니다. 안으로 모시겠습니다."

"감사합니다."

우리는 하인의 뒤를 따라 작은 방으로 향했다.

이곳을 접빈실처럼 쓰는 거구나.

그곳에서 잠시 기다리고 있자니, 밖에서 서우 무사의 목소리가 들렸다.

"주군. 들어가겠습니다."

"네."

문이 열리고 서우 무사와 홍금소 부인이 들어왔다. 그리고 홍금소 부인의 품에는 갓 태어난 아기가 안겨 있었다.

"주군을 뵙습니다."

"소단주님을 뵙습니다."

그들이 내게 예를 갖추었고, 나는 그들의 인사를 받으며 말했다.

"아기와 부인 모두 건강해 보여서 다행입니다. 그리고 순산을 축하드립니다."

"감사합니다."

우리는 자리에 앉았고, 나는 품에서 봉투 하나를 꺼내어 내밀었다.

"받으십시오. 출산 선물입니다."

"이렇게 선물까지 챙겨 주지 않으셔도 괜찮은데……."

홍금소 부인의 말에 나는 피식 웃었다.

"좋아하시는 거 다 보입니다."

"어머, 그런가요? 호호호."

"열어 보십시오."

내 말에 서우 무사가 봉투를 열었다. 이내 그들은 눈을 크게 떴다.

"이, 이건……."

"집문서입니까?"

맞다, 집문서다.

그것도 제법 규모 있는 저택의 집문서.

"무슨 선물이 좋을지 고민하다가 선택했습니다. 아무래도 전에 사고를 당하셨던 것도, 결국 집이 좁아서 생겼던 일이라 생각했습니다."

내 말에 홍금소 부인은 고개를 숙이며 말했다.

"반성하고 있어요."

그렇겠지. 본인도 놀랐겠지만, 서우 무사가 얼마나 걱정했는지 알 테니까.

그래서 나는 그 근본적인 문제를 해결해 주려는 거다.

"그러니 부담가지지 말고 받으십시오."

하지만 서우 무사는 부담스러운 듯 고개를 저었다.

"감사합니다만, 너무 큰 선물인 듯합니다. 저희가 번 돈이 충분히 모였고, 안 그래도 큰 집으로 옮길 예정이었습니다."

물론 그들의 월봉이라면 충분히 지금보다 좋은 집으로 갈 수 있을 거다.

두 사람의 고용주가 나니까.

서우 무사는 내 개인 호위로서 상당한 월봉을 받고 있고, 홍금소 부인 역시 자무인형의 옷을 담당해서 상당한 금액을 받았다.

하지만 아이를 키우는 건 돈이 많이 든다.

게다가 금령이 홍금소 부인에게 따다 준 열매로 인해 뭔가 특출한 재능 하나를 가지고 태어난 아이다.

아직 그 재능이 뭔지는 모른다.

하지만 이건 확실하다.

그 재능도 돈이 있어야 제대로 날개를 펼칠 수 있다는 것.

재능이 있어도 돈이 없어서, 혹은 상황이 여의치 않아서 그 날개를 접는 자들이 얼마나 많은가?

나는 서우 무사와 홍금소 부인의 아이가 이번에 좀 무리하게 집을 사면서 그런 일을 겪지 않았으면 했다.

그리고 솔직히, 그 재능을 타고 태어난 건 내가 키우는 금령이 때문이다.

　금령이의 주인으로서 그 정도의 책임은 져야지.

"그 돈은 아이를 위해 쓰셔야지요."

나는 그렇게 말하며 아기를 살폈다.

쌔근쌔근 잠들어 있는 그 모습이 참으로 똘똘해 보였다.

"아기의 이름은 무엇으로 지었습니까?"

내 물음에 서우 무사가 대답했다.

"주군께서 지어 주십시오."

"네?"

"솔직히 주군이 아니었다면 태어나지 못했을 아이입니다. 그러니 아이의 이름은 주군께서 지어 주시는 것이 뜻깊은 일이라고 생각됩니다."

응? 아이의 이름을 지어 달라고?

나는 난감한 표정으로 고민하다가 단호하게 대답했다.

"거절하겠습니다."

"네?"

내 말에 그의 눈이 커졌다. 당혹스러운 표정.

그러나 충심 깊은 그는 거듭 나에게 부탁했다.

"부디, 부탁드립니다."

"안 됩니다. 그럴 수 없습니다."

"어찌하여 거절하시는 겁니까? 혹시 제가 주군께 뭔가 마음에 들지 않는 일이라도……?"

그런 눈으로 보시면 제가 더 난감합니다.

"에휴!"

그때 내 뒤에 서 있던 팔갑이 답답하다는 듯이 한숨을 내쉬며 말했다.

"그게 아니라, 서우 무사님을 아끼니까 그러시는 겁니다요."

"그게 무슨?"

"그야 우리 도련님의 작명 실력이 완전 구리고, 도련님 본인이 그걸 너무 잘 아시니까 거절하시는 겁니다요."

저, 저기, 팔갑아?

너무 직설적으로 말하면 나 상처받는다고.

그러면서 팔갑은 몇몇 이름을 말해 주었다.

어? 어떻게 알았지?

그런 이름을 떠올리긴 했는데…….

"분명 도련님은 이런 완전 멋없고 괴팍하고 구린 이름을 지으실 겁니다요."

"……."

팔갑아…… 나 진짜 상처 받아.

그런 생각을 하며 서우 무사와 홍금소 부인의 표정을 살폈다.

음, 작명을 거부하길 잘했네.

그들의 표정이 아까의 내 표정과 똑같아 보인다.

하지만 나도 할 말이 있는 게, 내 작명 실력이 구린 것이 내 잘못은 아니라고…….

"네, 뭐, 아무튼 그런 겁니다."

나는 고개를 끄덕였다.

"평생 불릴 아이의 이름입니다. 저는 아이가 자신의 이름이 불릴 때마다 저를 욕하는 상황은 피하고 싶네요. 하하하."

나는 말을 이었다.

"그리고 이름이라는 건 입으로 불리기에 그 아이의 인생에 큰 영향을 준다고 알고 있습니다. 그러니 아이를 위해서라도 다른 분에게 부탁했으면 합니다."

나는 고개를 숙여 포권하며 말했다.

"이게 제 진심입니다."

그러자 서우 무사가 황망해 하며 손을 저었다.

"아, 알겠습니다. 그러니 어서 고개를 드십시오. 주군께서 어찌하여 저에게 고개를 숙이십니까?"

"제 뜻을 알아 주시겠습니까?"

"알겠습니다."

서우 무사가 쓴웃음을 지으며 답했다.

"후, 그럼 유명한 작명가를 찾아가도록 하죠."

"잘 생각하셨습니다."

"그리고 이제는 주군의 호위로 복귀해도 될 것 같다고 판단됩니다. 부디 제 청을 들어주십시오."

지금이라면 괜찮겠지.

"그렇게 하십시오."

.

.

.

다음 날, 새벽.

나는 무공 수련을 위해서 별당의 마당으로 나왔다.

"좋은 아침이에요."

그리고 서향 소저는 이미 나를 기다리고 있었다.

참 대단하다는 생각이 드는 게, 그녀가 나보다 먼저 별당에 와 있다는 건 한참 전에 일어났다는 뜻이니까.

일어나자마자 대충 옷을 입고 나오는 나에 비해서 준비하는 데 시간이 좀 더 걸릴 테니까.

"그럼, 수련을 시작하겠습니다."

"네."

나와 그녀는 서로 마주 보고 자리에 앉았다.

그리고 운기조식을 시작했다.

나는 태음빙해신공을, 그리고 서향 소저는 천류빙검의 심법인 천류공을.

저번에 사부님께 서향 소저에게 천류빙검을 알려 주어도 된다는 허락을 받았다.

"제 조카이니, 그 정도는 익혀야 저들의 눈을 피할 수 있겠죠."

그렇게 천류빙검을 지도한 지 석 달이 다 되어 가고 있었다.

북해빙궁의 궁주님께 직접 천류빙검을 배운 덕분에 서향 소저를 지도하는 데 어려움은 없었다.

운기조식을 마친 나는 자리에서 일어났다. 곧 서향 소저도 운기조식을 마무리하고 눈을 떴다.

"이제는 어제 배운 것을 복습하도록 하십시오."

"네."

새벽에는 내가 사부님께 수련을 받는 시간이기에, 내가 서향 소저에게 검법을 가르치는 건 주로 점심시간이었다.

그리고 새벽에는 이를 복습하는 시간이고.

서향 소저가 마당 한쪽으로 향하는 사이, 사부님께서 별당으로 들어오셨다.

"사부님을 뵙습니다."

"네, 좋은 아침입니다. 소단주님."

내가 소궁주라는 건 대외적으로 비밀인 사안.

그렇기에 사부님은 평소처럼 국주 혹은 소단주라고 부르셨다.

"그럼, 수련을 시작하겠습니다."

.

.

.

오늘도 사부님의 수련은 무지막지했다.

내가 소궁주가 된 이후로 난이도가 말도 안 되게 올라갔다.

으아, 진짜 죽겠네.

솔직히 이러다가 죽겠다 싶은 적이 한두 번이 아니지만, 용케 죽지 않고 살아 있었다.

그게 가능한 이유는 사부님의 기가 막히게 정확한 완급 조절 때문이 아닐까?

그리고 나 역시 내 실력이 향상되고 있다는 것을 체감하고 있기에 묵묵히 그 수련을 받아들였다.

내 복수의 대상을 생각하면 지금보다 훨씬 강해져야 하니까.

"이것으로. 오늘의 수련을 마치겠습니다."

결국, 오늘도 살아남았다.

나는 후들거리는 다리에 힘을 주어 간신히 섰고, 포권을 했다.

"가르침에 감사드립니다."

드러누워서 인사를 드릴 순 없었다. 내가 또 한 예의하는 녀석이라서 말이지.

털썩.

곧바로 제자리에 주저앉은 건, 어쩔 수 없다.

음?

보통 사부님께서는 수련이 끝나면 시원하게 몸을 돌려 별당을 나가시는데······.

오늘은 그리하지 않으시는 것을 보니 나에게 하실 말이 있으신 것 같다.

"제자에게 하실 말씀이라도 있으십니까?"

"후, 사실 어젯밤 양양무관에서 급보를 보내왔습니다."

"양양무관에서 말입니까?"

무슨 일이지?

혹시 새로운 무관 건물을 짓는 일에 뭔가 차질이 생긴 건가?

아니면 습격?

그게 아니라면 급보를 보낼 이유가 없는데?

"양양무관에 북해빙궁의 소궁주가 찾아왔다고 합니다."

빙해린 소궁주가 양양무관을 찾아왔다고?

흔한 일은 아니지만 그게 급보를 보낼 일인가?

지난번에도 왔었지 않나?

그런 내 의문에 대답해 주시듯, 사부님께서 말을 이으셨다.

"현재 북해빙궁이 좀 곤란한 상황에 처해 있다고 합니다. 도움을 요청하기 위해 찾아온 듯합니다."

소궁주가 직접 찾아올 정도라면 상당히 곤란한 상황일 터. 그런데 우리가 뭘 도울 수 있을까?

그런 내 의문을 읽은 듯, 사부님은 품에서 서신 하나를 꺼내어 내게 건네주셨다.

"읽어 보십시오."

어…….

이건 북해빙궁의 궁주님께서 직접 보내신 서신인데?

서신을 읽으며 나도 모르게 침음성을 흘렸다.

궁주님이 직접 서신을 보내신 이유를 알 것 같았다.

"현재 설풍궁은 북해빙궁의 도움을 받고 있지만, 사실 설풍궁의 존재 의의 중 하나는 북해빙궁을 수호하기 위한 곳입니다."

사부님은 말을 이으셨다.

"지금의 상황, 소단주님이라면 능히 해결할 수 있을 거라고 생각됩니다. 어떠십니까?"

나는 씩 웃었다.

"물론입니다. 이런 건 제 전문이죠."

북해빙궁의 궁주님께서도 내게 이 서신이 보내질 것을 예상하고 소궁주를 보낸 것일 터.

하지만 이 일을 해결하기 위해서는 북해빙궁으로 가야 한다.

날씨가 좀 좋아졌다고 또 외근을 다녀오게 생겼네.

잠시 후,

나는 팔갑과 호위무사들에게 북해빙궁으로 갈 준비를 하라고 명한 후 아침을 먹기 위해 식당으로 향했다.

그리고 내 자리에 앉았을 때 아버지께서 들어오셨다.

마침 잘됐네.

나는 아버지에게 아침 인사를 드린 후 말했다.

"아버지, 저 이번에 북해빙궁에 좀 다녀오겠습니다."

"뭐? 북해빙궁?"

"네."

내 대답에 아버지는 허허 웃으셨다.

"북해빙궁에 다녀온다는 말을 마치 옆 동네에 다녀온다는 것처럼 말하는 녀석은 너밖에 없을 거다."

"칭찬이신 거죠?"

"마음대로 생각하거라."

아버지는 쓴웃음을 지으셨다.

"그래서, 무슨 일이냐?"

"북해빙궁의 이들이 굶어 죽게 생겼습니다. 그래서 도움을 주기 위해 가야 합니다."

그때였다.

"뭐라고? 그게 무슨 소리야?"

뒤에서 들린 목소리.

진호 형의 목소리다. 진호 형은 나에게 달려와 물었다.

"똑바로 대답해! 장모님이 계신 곳에 무슨 일이 생긴 건데!"

"어…… 그게……."

후후후. 내가 진호 형이 식당으로 다가오는 것도 모르고 그런 말을 했을까?

"사실은 북해빙궁에 지금 식량이 제대로 들어가질 못해서 거기 사람들이 굶주리고 있대. 그래서 식량을 가지고 직접 북해빙궁으로 갈 생각이야."

진호 형이 비장하게 외쳤다.

"이 자식이! 그런 일이 있으면 나에게 먼저 말했어야지! 나도 간다! 말리지 마라!"

나는 살짝 진호 형의 눈을 피했다. 그리고 속으로 회심의 미소를 지었다.

말리긴 내가 왜 말려?

애초에 형이랑 같이 갈 생각인데.

진호 형이, 내가 던진 미끼를 단단히 물었다.

예전부터 느끼던 것이지만, 진호 형의 추진력은 정말 엄청나다.

내가 던진 미끼를 문 것이 아침인데…….

저녁이 되기도 전에 이미 출발할 준비를 다 마쳤기 때문이다.

"버, 벌써 준비를 다 한 거야?"

"꾸물댈 시간이 어디 있어? 장모님과 다른 사돈 어르신들이 굶주리고 계시는데!"

하긴, 맞는 말이다.

"마음 같아서는 지금 당장 출발하고 싶은데, 그걸 참고 있는 거야."

"알았어. 그럼 내일 아침에 출발하는 것으로 할게."

이번에 진호 형이 조장으로 있는 은풍대 육조도 동행하기로 했다.

다른 곳도 아니고 진호 형의 처가댁이다.

게다가 나와 진호 형이 직접 움직이는 것이니만큼 아버지께서는 육조를 데리고 가라 명하신 거다.

물론, 명목상 이유는 북해지부에 식량을 전달하기 위해서지만.

그날 밤.

둘째 형수님께서 나를 찾아오셨다.

오실 건 예상하였기에 당황하지 않고 둘째 형수님을 맞이했다.

"어서 오십시오."

"바쁘실 텐데 방해해서 죄송해요."

"괜찮습니다. 아무리 바빠도 형수님을 맞이할 시간도 없겠습니까?"

나는 집무실 가운데 있는 다탁의 의자를 빼며 말했다.

"앉으시죠."

"아뇨. 괜찮아요. 그냥…… 어머니와 이모들, 그리고 제 남편을 잘 부탁드린다는 말을 하기 위해 왔어요."

"그거라면 걱정하지 않으셔도 됩니다. 최선을 다하겠습니다. 대신이라고 하기에는 뭣하지만……."

나는 말을 이었다.

"부모님을 부탁드려도 되겠습니까?"

"당연한 말을 하시네요."

.

.

.

날이 밝았다.

북해빙궁으로 출발하는 날이지만, 그런다고 수련을 쉴 사부님이 아니시지.

운기조식을 마치고 자리에서 일어난 나는 씩 웃었다.

예상대로 사부님께서 별당 안으로 들어오고 계셨다.

"좋은 아침입니다."

"네. 사부님. 좋은 아침입니다."

"그럼, 곧바로 수련을 시작하겠습니다."

.
.
.

오늘도 하얗게 불태웠다.

나는 바닥에 드러누워 숨을 헐떡이며 말했다.

"사부님, 오늘 저 북해빙궁으로 가는 날인데…… 너무 하시는 거 아닙니까?"

내 물음에 사부님이 피식 웃으셨다.

"그래서 더더욱 허투루 할 수가 없었습니다. 어떤 위협이 닥칠지 알 수 없으니 말입니다. 제자가 안전하길 바라는 사부의 마음이랄까요?"

"……"

할 말이 없었다.

응?

나는 살짝 놀랐다. 사부님께서 내게 손을 내미셨기 때문이다.

"일어나십시오."

"감사합니다."

나는 사부님의 손을 잡고 자리에서 일어났다.

"우선, 오늘 수련은 이것으로 마칩니다."

"가르침에 감사드립니다."

나는 포권하여 예를 갖추었다.

"그리고…… 잘 부탁드립니다."

사부님의 말에 나는 고개를 끄덕였다.

"제자, 최선을 다하겠습니다."

잠시 후.
아침 식사 자리에서 나는 잘 다녀오겠다고 가족들에게 인사했다.
"진호야."
"네, 아버지."
"욱해서 사고 치지 말고, 서호 말 잘 들어라."
아버지의 말에 진호 형은 머리를 긁적였다.
"에이, 참. 아버지도. 저도 이제 혼인까지 한 어른입니다."
"그러니까 이런 말을 하는 거다. 네 말대로 혼인까지 한 어른이 사리 분별 못 하고 욱해서 날뛰면 그것만큼 망신도 없으니까."
"……."
아버지는 말 한마디로 진호 형을 격침시켰다.
역시 아버지시다.
솔직히 진호 형이 욱하는 면이 없진 않다.
그럼에도 진호 형과 함께 가려는 건, 여러 가지 이유가 있지만 그중 하나는 여차할 때 나 대신 상행을 이끌 사람이 필요했기 때문이다.
또한, 그 곡식들을 지켜야 할 인력도 필요했고.
아무래도 때가 때인 만큼 대량의 곡식이라면 눈이 뒤집혀서 덤벼들 자들이 없지 않을 테니까.

"아무튼, 조심해서 다녀오너라."
어머니의 말에 나와 진호 형은 포권하여 고개를 숙였다.
"네. 어머니."
"조심히 잘 다녀오겠습니다."

.

.

.

이번 여정에는 서향 소저도 함께 하기로 했다.
이제 장거리 상행에도 문제가 없을 만큼 체력도 좋아졌고, 천류빙검을 익히고 있는 만큼 추위에도 내성이 생겼으니까.
서향 소저를 데리고 가는 이유는, 부관으로서 나 대신 처리해야 할 일들이 있기 때문이다.
그리고 그녀의 능력이 큰 도움이 될 수도 있고.
"주군. 그러면 북해빙궁의 소궁주는 가는 길에 만나는 겁니까?"
서우 무사의 물음에 나는 고개를 끄덕였다.
"네. 북경에서 만나기로 했습니다."
나는 금령을 통해 항주의 양양무관에 머무르고 있는 빙해린 소궁주에게 서신을 보냈다.
북경에서 만나서 함께 북해빙궁으로 가자는 내용.
금령이 가지고 온 답장에는 알겠다는 답이 적혀 있었다.
빙해린 소궁주가 원했던 것이 내 도움이라면, 직접 호북성으로 오는 것이 편했겠지만 일부러 양양무관으로 간

건 아마도 창인표국의 존재를 숨기기 위해서일 거다.

아니면, 혹시 창인표국이 어디에 있는지 모르나?

······그럴 가능성도 없진 않다.

뭐, 이런 건 나중에 물어보면 되겠지.

이런저런 생각을 하며 우리는 차장으로 향했고, 그곳에서 반가운 얼굴을 보았다.

"하 표두님."

"제가 이번 표행에 함께 하기로 했습니다."

그는 진호 형의 장인이신 하철 표두다.

이번 여정에 진호 형과 은풍대 육조도 동원했지만, 운송해야 하는 곡식의 양이 제법 많은 만큼 호위도 많이 필요했다.

그래서 창인표국에도 지원을 요청한 것.

"하 표두님이 오실 줄은 몰랐습니다."

"사실 다른 사람이 갈 순번이었는데, 제가 좀 억지를 부렸습니다. 부인이 걱정이 되어서 말입니다."

그 마음은 이해가 되기에 흔쾌히 고개를 끄덕였다.

"알겠습니다. 대신 제 명에 따라 주셨으면 합니다."

"물론입니다."

우리는 북해를 향해 출발했다.

진호 형이 이끄는 육조는 북해빙궁에 가는 것이 처음이 아닌 만큼 그에 대한 걱정은 없어 보였다.

사실 처음이 어렵지, 두 번째 가는 것부터는 별로 어렵지 않은 여정이긴 하다.

 나는 북해로 향하는 마차 안에서도 업무를 보느라 정신이 없었다.

 이번에 설립하는 영영원에 대한 업무.

 이건 가는 길에 처리해서 금령을 통해 보낼 생각이다.

 나중에 본단에 돌아올 때 아버지께 제출해도 되긴 하지만, 그만큼 일의 진행이 늦어질 테니까.

 이번 북해빙궁에 다녀오는 여정은 적어도 한 달 이상 걸릴 거다.

 영영원의 개원을 목이 빠지게 기다리는 이들을 생각하면 일의 진행을 늦출 수 없다.

 서류의 양이 많은 만큼 금령에게 더 많은 은자를 줘야 하겠지만, 어쩔 수 없지.

 저녁이 되었다.

 우리는 객잔에 투숙하는 대신, 적당한 곳에서 야숙을 하기로 했다.

 일행이 워낙 대규모라 한 객잔에 전부 묵기도 어렵고, 이렇게 대량의 곡식을 가지고 이동하고 있다는 것을 널리 알리고 싶지도 않았으니까.

 그래서 차라리 야숙을 하는 게 속 편했다.

 곧 표국의 쟁자수들이 여러 개의 모닥불을 피웠고, 우리는 그 앞에 둘러앉았다.

 저녁은 출발할 때 본단에서 챙겨온 것들로 준비했다.

아직은 날이 쌀쌀했기에, 커다란 솥을 걸고 따뜻한 탕국도 끓였다.

"주군."

그때 진유 무사가 나를 불렀다.

"네, 무슨 일입니까?"

"여쭙고 싶은 것이 있습니다."

"말씀하세요."

"제가 봤을 때 북해빙궁은 그리 부족해 보이지 않았습니다. 그런데 식량이 잘 들어가지 못한다니…… 무슨 이유가 있습니까?"

다른 이들 역시 같은 것이 궁금했는지 나를 주목했다.

"그건, 저도 잘 모릅니다."

"네?"

"제가 알고 있는 건 식량을 구하기 어렵다는 것뿐입니다. 자세한 상황은 소궁주를 만나야 알 수 있습니다."

그럼에도 이렇게 온 건, 내가 설풍궁의 소궁주이기 때문이다.

그리고 진호 형과 은풍대 육조를 데리고 온 건 그들의 실력을 믿기 때문이고.

"밤이 깊었군요. 슬슬 잡시다."

그리고 팔갑에게 말했다.

"마차 안에 서향 소저가 편하게 잘 수 있도록 자리를 좀 마련해 줘."

"알겠습니다요."

마차의 의자와 의자 위에 널빤지를 올려놓고 그 위에 모포를 깔면 제법 넓고 아늑한 잠자리가 만들어진다.

그리고 나는 그 잠자리를 서향 소저에게 양보했다.

서향 소저를 차가운 땅바닥에 재웠다는 것이 나중에 귀주성 포정사 귀에 들어가면 상당히 난감해질 테니까.

안 그래도 서향 소저가 부관으로 일하는 것에 대해서도 마땅치 않아 하시는데…….

"저는 괜찮아요. 그냥 땅에 모포를 깔고 자면 되는걸요."

서향 소저가 사양했지만, 나는 내 뜻을 밀어붙였다.

"아닙니다. 제 뜻대로 하십시오."

"저는 정말 괜찮은데……."

"소저가 힘들면 제가 더 힘들어집니다."

"네?"

그녀의 반문에 팔갑이 말했다.

"그러니까, 곽 부관님께서 만약 병이 나시거나 하면 일을 처리하는 것이 힘들어질 것 아닙니까요? 그러면 도련님이 처리해야 할 일거리가 많아진다는 의미입니다요."

"아, 그런 거군요."

"그러니까 집안의 말과 소를 가장 따뜻한 곳에 거하게 하는 겁니다요."

"아……."

팔갑아, 그렇게 말하면 서향 소저가 나를 뭐라고 생각하겠어?

부관을 말이나 소로 생각하는 쓰레기로 볼 거 아니야?

그런 거 아닌데…….

진짜 그런 거 아닌데.

"풋!"

그때 서향 소저가 웃음을 터트렸다.

어? 왜 웃으시지?

"오해는 하지 않으니까 그렇게 곤란한 표정은 하지 않으셔도 돼요."

내가 그리 곤란한 표정이었나?

"생각해 보니 제가 고집을 피우다가 건강이 안 좋아지거나 하면 소단주님께서 상당히 곤란해지실 것 같네요. 고집부리지 않을게요."

"제 뜻을 들어주셔서 감사합니다."

"아니에요. 그럼 저 먼저 들어갈게요."

그렇게 서향 소저는 마차 쪽으로 향했다. 그리고 나는 팔갑을 째려보았다.

"팔갑아."

"왜 그러십니까요?"

"아무리 그래도 그렇지, 서향 소저에게 그리 말하면 내가 뭐가 되겠어?"

"뭐가 말입니까요?"

"하필 말과 소에 비유할 건 뭔데?"

"도련님, 일반 백성들에게 소와 말이 얼마나 중요한 가축인데요. 지금 소와 말을 무시하시는 겁니까요?"

"아, 아니, 그건 아니고……."

하긴, 일반 백성들에게 소와 말은 정말 정말 중요한 가축이다.

그들이 있기에 경작을 하고 먹고 살 수 있으니까.

그래도 사람을 소와 말에 비유하는 건 좀 그런…….

에휴.

나도 모르겠다.

뭐, 서향 소저가 그런 거로 오해할 사람도 아니고 또 오해하지 않는다고 했으니까.

"그래도 너무했어."

"제가 뭘 너무합니까? 도련님께서도 하루에 두 시진 주무시면서 마소처럼 일하시는데요."

"……."

맞는 말이라서, 할 말이 없었다.

하긴, 팔갑이 맞는 말만 하는 녀석이긴 하지.

아침이다.

눈을 뜬 나는 자리에서 일어났다.

"기침하셨습니까?"

내 호위들은 교대로 두 명씩 호위를 서기로 했고, 지금은 이필 무사와 명종 무사의 순번인 듯 그 둘이 내 곁에 앉아 있었다.

"좋은 아침입니다."

"아, 곽 부관은 이미 나와 있습니다."

고개를 돌리니, 어느새 깔끔하게 옷매무시를 단정한 서향 소저가 옆에 서 있었다.

이크!

간밤에 이런저런 생각을 하다가 늦게 잠이 들어서 그런지 생각보다 늦게 일어났다.

"큼큼, 운기조식을 하죠."

"네."

나는 호위무사들에게 호법을 부탁하고 운기조식을 시작했다.

그렇게 운기조식을 마치고 자리에서 일어나자, 조금 떨어진 곳에서 진호 형의 기운이 느껴졌다.

아무래도 반경이 넓은 무기인 창술을 수련해야 하는 만큼 다른 이들이 수련에 휘말리지 않게 한적한 곳으로 가서 수련하는 듯했다.

한 번 가 볼까?

오랜만에 진호 형의 실력도 좀 확인하고.

나는 운기조식을 마친 서향 소저에게 어제 배웠던 것을 복습하도록 한 후 진호 형이 있는 곳으로 향했다.

진호 형이 있는 곳은 일행으로부터 좀 떨어진 곳이다.

그래도 뭔가 일이 생기면 곧바로 달려올 수 있을 정도로 멀지는 않은 거리.

"하앗! 핫!"

진호 형은 내가 선물해 준 청룡무를 휘두르고 있었다.

이제 진호 형은 완연한 절정무사가 되었다.

창날에 서린 푸른 검기가 그 증거.

이번 북해행이 진호 형에게는 큰 도움이 될 거다.

지금의 진호 형에게는 조금은 격렬할 수 있는 실전이 필요하다고 생각하기 때문이다.

물론 은풍대의 조장으로서 여러 상행을 나갔겠지만, 무인으로서 경험을 쌓기 위한 실전으로는 부족하다.

무인으로서 성장할 수 있는 실전이라는 건 목숨이 위험할 수도 있는 경우니까.

북해빙궁으로 가는 길이 익숙하다고는 하지만, 그리 편하다고 할 수는 없다.

게다가 그 어떤 위험이 닥쳐올지 모르는 상행이기도 하고.

내가 진호 형에게 이런 실전 경험을 쌓게 해 주려는 건, 아마도 진호 형이 이전 삶보다 더 강해졌으면 해서일 거다.

아직도 내가 죽기 전 봤던 진호 형의 머리가 잊히지 않고 있거든.

지금 나는 초절정에 올랐고, 호위무사들의 수준도 상당히 높다.

이 정도면 진호 형이 정말 위험하더라도 도울 수 있을 정도니까.

그렇게 형을 보며 앞으로의 일을 생각하고 있자니, 진호 형이 수련을 멈추고 내 쪽으로 몸을 돌렸다.

"뭐냐? 언제 왔어?"

"어, 방금."

"그래? 잘 됐네."

"응?"

진호 형이 나에게 창을 겨누며 말했다.

"대련이다!"

"뭐야? 갑자기 대련이라니?"

내 물음에 진호 형이 씩 웃었다.

"솔직히 네 실력이 좀 궁금해서 말이지. 한 번도 내 앞에서 네 실력을 보여 준 적이 없잖아."

그렇긴 하지.

"그러니까 이번 기회에 네 실력 좀 보자는 거지."

"음……."

잠시 고민하는 척하던 나는 진호 형에게 말했다.

"그럼, 내기 하나 할까? 그냥 간단하게 부탁 하나 들어주기 어때?"

진호 형은 내 제안을 흔쾌히 승낙했다.

"좋아. 그렇게 하자."

이렇게 또 쉽게 넘어오네.

하긴, 진호 형은 내 경지에 대해서 정확하게 모르니까.

진호 형이 창대로 땅을 내리찍으며 말했다.

"그럼, 이제 검을 들어라."

"안 그래도 그럴 거야."

나는 진호 형 앞에 섰고, 검을 뽑았다.

시리게 빛나는 은무검의 새하얀 검신.

나는 기수식을 취했고, 진호 형과 내 사이에 대치가 이어졌다. 그리고 어느 순간, 누가 먼저라고 할 것도 없이 서로를 향해 달려들었다.

"하앗!"

"합!"

검과 창의 대결.

무기의 길이 차이 때문에 일정 거리 이상에서는 창이 더 유리하다.

하지만 창의 반경 안으로 파고들면 제대로 대처하는 게 힘들다는 것이 약점.

창을 쓰는 이들도 그 약점을 모르지 않는다.

그래서 보조적으로 익히는 것이 각법이다.

이를 통해 가깝게 파고드는 상대방을 밀어내 거리를 벌리고 다시 창을 쓰는 것.

이게 창을 쓰는 이들의 정석이다.

그러나 나는 아예 파고들지 않았다. 굳이 위험을 감수할 필요가 없거든.

챙-!

까앙-!

진호 형의 청룡무와 내 은무검이 부딪치며 날카로운 소리를 내었다.

내가 깊이 파고들지 않고 거리를 유지한 채 합을 나누자, 진호 형이 승리를 직감한 듯 물었다.

"겨우 이 정도냐?"

에이, 그럴 리가?

팔갑이 말했듯이 나는 내가 질 싸움에 내기를 걸지 않는다고.

방금까지는 '몸 풀기'이다.

운기조식을 끝내자마자 이곳에 왔으니까. 그리고 방금의 공방으로 충분히 몸은 풀었다.

"형이야말로 그게 전부는 아니지?"

"물론 아니지!"

"다행이야."

탓-!

나는 진호 형을 향해 씩 웃어 주었고, 동시에 진호 형을 향해 쇄도했다.

"큭!"

형의 창대가 은무검을 막았다.

까앙-!

어느 정도 조절을 했다고는 하지만, 염씨 노장…… 실력이 장난 아니네.

창날도 아니고 창대가 은무검을 막아 내다니 말이야.

나는 약 일각 정도 적당히 어울려 줬다.

진호 형은 전력을 다해서 나를 상대했지만 나는 그냥 설렁설렁 적당히 어울려 줬을 뿐이다.

하지만 이건 진호 형을 기만하는 것이 아니다.

다 생각이 있기 때문이다.

진호 형은 재능도 있고 나이에 비해 실력도 뛰어나지만, 고질적인 단점이 하나 있다.

 그건 바로 수 싸움.

 형은 머리를 굴려 가면서 싸우지 않는다. 욱하는 성격 때문일까?

 상황에 맞게 힘을 배분하거나 자신에게 유리한 쪽으로 적을 끌어들이려고 하지 않는다.

 처음부터 전력을 쏟아부어 상대를 쓰러뜨리는 방식.

 일반적인 경우에는 무난히 힘의 격차로 승기를 잡을 수 있겠지만, 세상에는 비겁한 수를 좋아하는 자들도 많다.

 힘이 빠질 때를 노린다든지, 함정으로 유인한다든지.

 이럴 경우 속수무책으로 당할 수밖에 없다.

 이전 삶에서 뒤늦게나마 그걸 깨달았고 바꾸려 노력했지만, 완벽하게 바꾸지는 못했다.

 그게 진호 형의 패인이었겠지.

 이전 삶보다 빠르게 강해지고 있는 만큼, 머리를 굴리며 싸우는 방식으로 바꾼다면 위험해질 가능성도 훨씬 낮아질 터.

 아직 고수와의 실전 경험이 많지 않아 싸움 방식이 완전히 굳어지지 않았기에 지금부터 바꿔도 늦지 않다.

 그리고 나 역시 형에게 그런 깨달음을 줄 수 있을 정도로 강해졌고.

 "헉, 허억……."

 그렇게 한 식경 정도가 지나자 진호 형의 안색에서 지

쳤음을 확연히 알 수 있었다.

게다가 숨을 헐떡이기까지.

내가 만약 적이라면, 지금이 그 목을 벨 기회라고 생각하겠지.

"후우, 허억, 너 뭐야?"

"뭐가?"

"왜…… 왜 지치지 않는 건데?"

"그야 당연히 효율적으로 움직이고 내공을 썼으니까. 형처럼 무작정 전력을 다하면 금세 지치는 게 당연한 거 아니야?"

나는 그리 말하고는 은무검을 검집에 넣었다.

그러자 진호 형이 고개를 갸웃하며 물었다.

"그만하는 거야?"

"설마."

까앙-!

나는 형을 향해 검집 채 휘둘렀다.

"으윽!"

본능적으로 막아 내기는 했지만, 진호 형은 뒤로 몇 걸음 물러나고 말았다.

낭패한 표정.

하지만 나는 거기서 멈추지 않고 계속해서 검집을 휘둘렀다.

깡-!

까앙-!

깡!

제대로 된 반격조차 하지 못하고, 간신히 막아 내면서 연신 뒤로 밀려나는 모습.

그래도 아직 부족하다.

휘릭-! 퍼억!

나는 검집이 씌워진 검으로 형의 가슴을 후려쳤다.

"컥!"

진호 형은 그대로 나동그라졌다.

내가 이렇게까지 할 줄은 예상하지 못했는지, 형이 버럭 소리를 질렀다.

"야! 가벼운 대련에서 이건 너무하잖아! 나 네 형이야! 형이라고!"

"그래서 뭐?"

나는 심드렁하게 대꾸했다.

"그러는 형도 전력을 다해 나와 대련을 했잖아? 그럼 나도 당연히 진심을 다해 대련해 줘야지."

나는 다시금 형을 향해 검집을 휘둘렀다.

퍼억! 퍽!

"윽! 으윽! 아악!"

진호 형의 비명이 숲에 울려 퍼졌다. 하지만 이미 기막으로 막아 놓았기에 형의 비명은 밖으로 새어 나가지 않는다.

"형, 이게 진검이었으면 벌써 열 번은 넘게 죽었어."

퍽-!

"커억!"

"열한 번 죽었네."

"너 나 싫어하지?"

"섭섭하게 그게 무슨 소리야? 형을 좋아하니까 내가 검집으로 상대하는 거 아닐까?"

퍽!

"말하면서 때리지 말라고!"

결국, 진호 형은 두 손을 들며 외쳤다.

"항복! 항복! 내가 졌어!"

"형, 아직 아니야."

"응?"

"원래 무인들 간의 대결은 누군가 죽어야 끝나는 거잖아?"

"응?"

나는 다시 검집에서 은무검을 뽑았고, 진호 형을 노려보았다.

은무검은 강렬한 한기를 내뿜었다.

내 살기를 마주한 진호 형은 떨리는 목소리로 말했다.

"저, 저기, 서호야? 농담이지?"

"막아. 안 그러면 진짜 죽어."

척-!

나는 검을 들어 진호 형을 향해 겨누었다.

탓-!

그렇게 경고하고는 곧바로 진호 형을 향해 쇄도했다.

하지만 이미 지치고 기력이 다 빠진 상태일 터, 내 공격에 제대로 대응할 수 있을 리가 없지.

"……."

내 검이 진호 형의 목에 닿기 전에, 나는 기운을 거두었다.

"어……."

털썩.

살았다는 것을 깨달았는지 진호 형은 그대로 자리에 주저앉았다.

스릉.

나는 검을 검집에 넣으며 물었다.

"죽어 본 기분이 어때?"

"……더럽네."

그렇겠지.

다른 사람에게 패배해서 목숨을 잃는다는 것은 결코 기분 좋은 일이 아니니까.

"그럼, 나에게 진 거 인정하지?"

"후, 아까 말했잖아. 항복이라고."

"자, 그럼 싸움을 복기해 보자."

"응?"

"뭐야? 형? 그 표정은? 형은 누군가와 싸운 후 그 싸움에 대해 복기 같은 거 하지 않아?"

"그냥 싸워서 이기면 좋고, 아니면 다음에 또 싸우면 되는 거 아니야?"

아이고, 이 화상아.

내가 형이니까 참지, 아니었으면 팼다.

어…… 그러고 보니 방금까지 패긴 했지.

"형. 아까 내건 조건 기억 해? 부탁 하나 들어주기로 했지?"

"그래."

"오늘부터 모든 싸움에 대해 복기해서 그 보고서를 나에게 제출하도록 해. 그러면 먼저 오늘의 싸움에 대해서 복기해 볼까?"

나는 말을 이었다.

"오늘 형의 패인이 뭘까?"

"그건……."

우물쭈물 제대로 대답하지 못하는 형의 모습에 나는 한숨을 내쉬며 말했다.

"내가 아까 말했잖아. 처음부터 강공으로 나오면 일찍 지치는 게 당연하다고."

"하지만 선공필승이라고."

형의 항변에 나는 차분하게 설명을 시작했다.

"형, 형의 뒤에 형이 지켜야 할 은풍대 육조와 가족들이 있다고 생각해 봐. 그들을 지키기 위해서는 눈앞의 적을 쓰러트려야 하는 상황이야. 만약 적이 눈앞에만 있다면 처음부터 강공으로 가도 되겠지. 아니면 적과 형이 일대 일로 맞붙을 때도 선공필승이 맞을지도 몰라. 그런데 말이지, 형."

나는 검집을 들어 진호 형의 목을 겨누며 말했다.

"세상은, 비겁해. 숨겨진 적이 있다면 어떻게 할 셈인데? 이미 모든 기력을 다 쓴 상황에서 그 적을 감당할 수 있을까? 그렇게 형이 죽고 나면 형이 지키려던 이들 역시 죽겠지."

"……."

"아까 그랬지. 죽어 본 기분이 더럽다고. 그러면 형이 지키던 자들이 죽는 것을 보는 기분은 어떨까? 그들을 지키지 못하고 죽는 기분은 또 어떨까?"

잠시 시간을 두고 말을 이었다.

"단지, 더럽다는 말로 표현할 수 있을까?"

아니다.

내가 이전 삶에서 직접 경험해 봤기에 말할 수 있다.

단순히 기분이 더럽다는 것을 넘어서…… 끝없는 절망이고 후회이며 자괴감과 슬픔, 분노 등 모든 부정적인 감정을 엉망진창으로 섞어 놓은 무언가다.

진호 형도 아마 그 감정을 느꼈을 거다.

사로잡힌 형이 나만은 살려 달라고 빌었다는 건, 그 전에 이미 부하들을 잃었다는 의미일 테니까.

"그건 진짜 상상하기도 싫네."

"나도 마찬가지야."

그런 미래는 싫다. 그렇기에 그런 미래를 바꾸기 위해서 이 악물고 사는 거다.

"그럼 어떻게 해야 하는데?"

"당연히 머리를 쓰는 식으로 싸움의 방식을 바꿔야지. 때로는 뱀처럼, 때로는 승냥이처럼. 오래 살아남은 호랑이는 그만큼 영악하기 때문이라고 하잖아."

"그게 말처럼 쉽냐?"

버럭하는 형에게 나는 말했다.

"나도 쉽지 않은 거 알아. 그리고 내가 보는 형은 몸으로 체득하는 것을 더 잘하지."

나는 씨익 웃었다.

"그래서 내일부터 재밌는 거 해 볼 거야."

"뭐, 뭔데?"

내가 무슨 말을 하려는지 본능적으로 느낀 듯, 형은 몸서리를 쳤다.

"내일부터 나와 호위무사들이 한 편이 되고, 형과 은풍대 육조가 한편이 돼서 단체 대련을 할 거야. 당연히 나는 형을 먼저 노릴 거고. 형이 내 공격을 막지 못하면 육조는 나한테 호되게 얻어맞겠지."

"젠장!"

형은 입술을 깨물었다.

자신 때문에 육조가 얻어맞는 것이니만큼 죄책감을 엄청 느끼겠지.

잔인한 방법인 건 나도 안다.

하지만, 이렇게 해서라도 형이 싸우는 방식을 고친다면 만족이다.

그 과정에서 형이 나를 원망하더라도 괜찮다.

살아 있는 형을 계속해서 볼 수 있다는 것만으로도 행복하니까.

"하지만 네가 나보다 훨씬 강한데, 내가 무슨 수로 너를 이길 수 있는데?"

"그건 감안할 생각이야. 내 옷자락을 벤다면 형의 승리야."

"내가 거절하면?"

이건 내기의 조건으로 할 수 있는 게 아니다. 형이 거절하면 말짱 황이다.

하지만 형은 이 제안을 거절할 수 없다.

"이번에 북해에 가서 형의 장모님께 말씀드려야지. 송구하지만 저희 형은 호법님의 따님을 제대로 지킬 수 없는 남자입니다. 그러니 호법님께서 훈련을 시켜 주시……."

"으갸갸갹! 할게! 할게! 한다고!"

진작 그리 말할 것이지, 괜히 빼기고 있어.

"아, 그리고 형."

"왜?"

"전투 복기 보고서. 잊지 마."

.
.
.

나와 진호 형이 야숙을 하던 곳으로 돌아왔을 때 팔갑이 나에게 물었다.

"진호 도련님께서는 왜 저렇게 흙투성이십니까요?"
"나랑 대련을 좀 했거든."
"아……."
팔갑은 고개를 끄덕였고, 나는 고개를 갸웃했다.
"잔소리할 줄 알았는데 뭐야?"
"뭐가 말입니까요?"
"분명 형님에게 무슨 불경한 짓이냐고 그럴 것 같았거든."
"도련님이 얼마나 예의 바르신 분인지 잘 압니다요. 그런데 그리하신 건 다 이유가 있기 때문이겠죠."
왠지 고마웠다.
"어서 식사하십시오."
"응."

아침을 먹은 우리는 다시 북해를 향해 출발했다.

* * *

다그닥, 다그닥.
드르륵, 드르륵.
말발굽 소리와 수레의 바퀴가 구르는 소리가 숲길에 울려 퍼졌다.
말을 타고 가던 은진호는 자신의 목을 매만졌다.
'후…….'

아까 은서호와 대련했을 때, 그는 정말 죽는 줄 알았다. 은서호가 내뿜은 살기는 진짜였으니까.

게다가 진검이 그의 목에 닿았다.

비록 상처가 나지는 않았지만, 그것만으로도 다리에 힘이 풀려 주저앉을 정도였다.

바지에 지리지 않은 것만으로도 대단하다고 생각될 정도로.

'이 자식…… 대체 얼마나 강한 거야?'

그는 투덜거릴 수밖에 없었다.

은서호가 상상 이상으로 너무 강했기 때문이다.

그런 동생이 하는 조언이니 맞는 말일 것이다. 그리고 원체 머리가 좋기도 했고.

지금처럼 무식하게 싸우지 말고 머리를 쓰라는 말.

'서호가 틀린 말은 한 적이 없으니……. 하지만 그게 맘대로 되냐고…….'

그때 옆에서 함께 말을 타고 가던 부조장이 그에게 물었다.

"왜 그런 표정이십니까?"

"응?"

"오늘 아침에 셋째 소단주님과 대련을 하셨다고 들었습니다. 혹시 지셔서 그런 겁니까?"

"아니…… 서호가 이상한 말을 해서."

"뭐라고 하셨습니까?"

"나보고 싸움의 방식을 바꾸라네. 머리를 써서 싸우라

는데? 처음부터 강공으로 가지 말고."

"적절한 조언입니다."

"응?"

"솔직히 지금까지는 어찌어찌 버티셨지만, 아슬아슬하긴 했습니다."

"부조장도 그렇게 생각했어?"

"네. 그래서 말씀드릴까 고민도 했는데, 괜한 말이 될까 봐 말씀드리지 못하고 있었습니다. 그러니까 지금이라도 바꾸십시오."

"후, 그렇구나. 그런데 부조장."

"네."

"내일부터 서호가 매일 매일 대련을 하자고 하더라고."

"대단하신 분입니다. 매일 대련이라니! 그만큼 셋째 소단주님께서는 조장님을 아끼시는군요. 그러니까 싸움 방식을 바꿀 수 있게 직접 나서시는 거 아닙니까?"

부조장이 웃으며 말했다.

"걱정하지 마십시오. 조장님의 공백은 저희가 열심히 채우도록 하겠습니다."

"저기…… 뭔가 잘못 생각하고 있는 거 같은데."

"네? 뭘 말씀입니까?"

"그 대련에 육조도 참가하라고 하더라."

"네?"

"내가 서호에게 지면, 조원들을 팬다고 하던데."

"……조장님. 저희 도망갈까요?"

"이미 늦었어."

* * *

호북성 본단을 떠나온 지 벌써 나흘이 지났다.
그리고 나는 내가 한 말을 지킨다.
"아이고……."
"진짜 너무하시는 거 아닙니까?"
내 눈앞에는 진호 형과 육조의 조원들이 우는소리를 하며 드러누워 있었다.

오늘로 대련 이틀째.

어제에 이어 오늘 아침에도 내가 말한 대로 진호 형과 육조를 상대로 대련을 했다.

하지만 내가 아닌 내 호위무사들이 전면에 나섰다. 저들과 대련을 하기로 했다는 말에 내 호위무사들이 나에게 청을 해 왔기 때문이다.

"저희들이 전면에 나서겠습니다. 부디 저희의 청을 들어주십시오."
"이유가 있나요?"
"저희는 주군의 호위무사입니다. 항상 주군의 앞에 서야 한다는 뜻입니다. 또한, 저희 역시 실전 경험을 쌓고 싶습니다."

고민하는 나에게 팔갑이 말했다.

"도련님, 원래 두목은 마지막에 등장하는 겁니다요."
"음, 그런가?"

그런데 두목이라는 말은 좀 어감이 이상하지 않나?
아무튼, 나는 그 청을 수락했고 진호 형에게 이에 대해 양해를 구했다.
진호 형은 좋아하며 당장 수락했지만…… 과연 정말 좋은 일일까?
어찌 보면 나보다 더 독한 면이 있는 게 내 호위무사들인데.
진호 형이 절정 무사라고 해도 내 호위들은 절정 무사가 둘이다.
나머지 네 명도 일류 무사 중에서도 실력이 뛰어난 편이고.
진호 형은 서우 무사와 진유 무사의 합격을 얼마 버티지 못하고 쓰러졌고, 육조 조원들은 나머지 네 무사들에게 하나둘 쓰러져 갔다.
어제보다는 반 각 정도 더 버틴 것 같지만, 그래 봤자 일각을 조금 넘은 수준.
어제의 경험을 바탕으로 심기일전했다지만, 내 호위무사들의 실력이 어디 보통이어야지.
나는 진호 형에게 다가갔다.

"형, 괜찮아?"
"이 자식아, 웃으면서 손 내밀지 말라고!"
"미안. 그런데 자꾸 웃음이 나오네."
"젠장!"
"그래도 오늘은 어제보다 좀 더 버텼네?"

 진호 형이 내 의도대로 싸우려고 노력한다는 게 느껴져서 고마웠다.

.
.
.

 우리는 어느덧 호북을 벗어나 하남에 들어섰다.

 호북은 우리 은해상단의 영향력이 강하게 미치는 곳이라 녹림들이 얼씬도 하지 않았다.

 하지만 하남부터는 아니다.

 무림맹이나 소림의 본진인 곳이지만, 그들도 자신들이나 관련된 이들을 건드리지 않으면 굳이 나서진 않는다.

 아무래도 각 잡고 토벌하려고 하면 희생이 나오긴 할 텐데, 굳이 그걸 감수할 이유가 없는 거다.

 그걸 알기에 하남의 녹림들은 건드려도 탈이 없을 이들만 건드린다.

 이를테면, 우리 같은 상단 말이지.

"살기입니다."

 진유 무사의 말에 나는 한숨을 내쉬었다.

"그렇군요. 모두에게 전하세요. 앞에 우리를 노리는 자들이 있다고."

"알겠습니다."

진유 무사는 우선 하 표두님에게 이 사실을 알렸다. 이에 하 표두님은 모두에게 말했다.

"전투 준비."

"네!"

웬만하면 통행비를 받고 보내 주는데 이렇게 짙은 살기라니……

조용히 지나가기는 글렀다.

즉, 우리가 가지고 가는 것이 뭔지 알고 있다는 거겠지. 소문 참 빠르네.

지금 식량의 가치가 최고점을 찍고 있는 만큼, 녹림들에게 통행비 정도로 넘어갈 수 없는 수준이니까.

잠시 후.

탁-!

화살 하나가 날아왔다.

촤악-!

진호 형의 청룡무가 그 화살을 갈랐다. 전투의 시작이다.

"쳐라! 저기에 식량이 있다!"

산채의 채주로 보이는 자의 목소리에 녹림들이 함성을 지르며 우리에게 달려들었다.

우리 역시 침착하게 대응했다.

"뺏기지 마라!"

"네!"

창인표국의 표사들이 분전하였고, 우리 은풍대 역시 밀리지 않았다.

그런데…….

"으아악! 이 자식들아! 진짜 때리냐?"

"진짜 아프다고! 이 새끼들아!"

"형님! 저희 은풍대에서 즐거웠잖아요! 행복했잖아요!"

어째 저들의 분노가 향하는 곳이 저 녹림들이 아닌 것 같다는 생각이 드는 건 착각일까?

그런 생각으로 호위무사들에게 고개를 돌렸다.

"저희가 좀 심했나 봅니다."

서우 무사의 말에 나는 피식 웃으며 말했다.

"아닙니다. 앞으로도 계속 그렇게 해 주십시오. 덕분에 빠졌던 독기가 잘 들어갔군요."

그리 말하며 나 역시 검을 들었다.

팔갑에게는 서향 소저를 지키라고 명한 후 호위무사들과 함께 녹림들과 싸웠다.

저들이 숫자가 많기는 하지만, 우리에 비할 바는 못 된다.

나를 제외하고도 절정 무사가 무려 넷이다.

하철 표두님 역시 절정 무사였으니까.

반 시진 후.

상황은 종료되었고, 우리는 서둘러 자리를 떴다.

피가 흐른 곳에 오래 남아 있어 봤자, 들짐승과 파리만이 꼬이니까.

우리는 낙양에 도착해 곧바로 배를 탔다.

제남까지 배를 타고 가서 북쪽으로 쭉 올라가는 길을 택한 것이다.

음, 역시 배를 타고 가니 편하긴 하네.

나는 갑판 위에 누워서 하늘을 보았다. 봄의 하늘은 뭔가 사람을 나른하게 한다.

"서우 무사님."

"네. 주군."

"진호 형과 육조를 상대로 하는 대련은 도움이 되셨나요?"

내 물음에 서우 무사가 대답했다.

"예. 다수를 효율적으로 상대하는 법이나, 내공을 효율적으로 사용하는 법에 도움이 되고 있습니다."

"도움이 된다니 다행이네요."

"배를 타는 바람에 당분간 단체 대련을 하지 못한다는 것이 아쉽습니다."

나는 서우 무사와 이야기하면서 진호 형이 제출한 보고서를 살펴봤다.

그간 진호 형을 계속 쪼아가면서 전투를 복기한 보고서를 받아 냈다.

아직도 진호 형이 처음으로 작성한 보고서의 내용은 잊히지 않는다.

[싸웠음. 졌음. 나보다 서호가 더 강했음. 맞은 곳이 아

직도 아픔]

 그날 진호 형은 나에게 한 시진 동안 잔소리를 들었고, 결국 다시 보고서를 작성해야 했다.
 아무튼, 그렇게 몇 번 반복하자 이제 볼만한 보고서를 작성하게 되었다.
 그리고 진호 형이 생각을 하면서 싸우고 있다는 게 조금씩 느껴졌다.
 역시 안 하는 거지, 못 하는 게 아니라니까.
 진호 형은 내 예상보다 더 빠르게 싸움을 효율적으로 하는 방법을 깨달아 가고 있었다.
 초전박살을 좋아하는 형의 성격 때문에 지금까지 그런 방식을 고집했었지만, 애초에 진호 형은 머리가 나쁘지 않다.
 "서우 무사님, 그리고 진유 무사님. 내일부터 매일 아침에 진호 형과 일대일로 싸워 보죠."
 "알겠습니다."
 배를 타고 가는 동안, 진호 형에게 수 싸움이라는 것이 뭔지에 대해 확실하게 알려 줄 생각이다.

* * *

 은풍대 육조의 부조장인 백우이는 올해로 경력 십오 년 차의 무사다.

그는 은진호가 육조의 조장이 되기 전부터 부조장의 위치에 있었다.

그만큼 경험이 풍부한 그였기에, 은진호를 보며 항상 불안했다.

승패란 단순히 무공의 고하에 의해서만 결정되는 게 아니라는 것을 알기 때문이다.

하지만 은진호는 그동안 병법 따윈 필요 없다고, 선공필승이라 외치며 지금까지 자신의 의지를 관철해 왔다.

그는 부조장으로서 이에 대해 은진호에게 말해야 하는지 그냥 두고 봐야 하는지 고민하고 있었다.

하지만 그런 고민은 뜻밖의 인물로 인해 해소되었다.

은진호의 동생인 은서호 소단주가 은진호에게 머리를 써서 싸우라는 조언을 한 덕분이다.

문제는, 은진호에게 싸우는 방식을 몸에 익히도록 하기 위해서 육조를 끌어들였다는 거다.

아직도 서우라는 자에게 맞은 다리가 욱신거렸다. 진유라는 자에게 맞은 등이 뻐근했고.

하지만…….

대련이 계속될수록 육조의 눈에는 독기가 차올랐고 실력이 점점 상승되는 것을 느낄 수 있었다.

그제야 백우이는 깨달았다.

은서호가 정말로 은진호를 아끼고 있다는 것을.

자신들을 포함한 육조 조원들에게 이런 수련을 시키는 것도 은진호를 돕기 위함이라는 것을.

그런 생각을 하던 그는 자신의 눈을 의심했다.

그 은진호가, 병법서로 보이는 서책을 읽고 있었기 때문이다.

"조, 조장님? 지금 설마, 읽고 계시는 그 서책, 병법서입니까?"

"맞아."

"그동안 병법은 필요 없다고 하지 않으셨습니까?"

"그랬지. 하지만 나 때문에 내 조원들이 처맞는 거 보니까 미안해서 미칠 것 같아서. 그래서 배를 타기 전에 병법서를 구해 왔어."

그러고 보니 배를 타기 전에 잠시 어디 다녀온다고 해서 어딜 가나 했더니 서책방에 갔다 온 모양이었다.

"그런데 대주님께 병법에 대해서는 배우지 않으신 겁니까?"

"알려 줬을걸? 그런데 그땐 귀담아듣지 않았었지만."

"……."

"병법서를 읽다 보니까 그때 배웠던 게 기억이 나기 시작하네. 젠장! 그리고 내가 얼마나 멍청하게 싸웠는지도 깨닫고 있어."

그리 말하는 은진호를 보며 백우이는 생각했다.

장족의 발전이라고.

솔직히 은진호의 창술은 무시무시했다. 그런 은진호가 머리까지 쓸 수 있게 된다면…….

백우이는 침을 꿀꺽 삼켰다.

호북성에서 은진호라는 이름 자체로 강력한 방패가 되는 것이다.

'즉, 은해상단을 지킬 강력한 무인!'

아마 그것이 은서호의 진정한 목적일 터. 그는 은진호의 앞으로가 더 기대되었다.

'그렇다면 나 역시 강해져야 한다! 조장이 강해지는데 부조장인 내가 뒤처질 순 없지!'

백우이는 주먹을 불끈 쥐었다.

"그리고 서호가 내일 아침부터 서우 무사와 진유 무사를 상대로 일 대 일 대련을 하라고 하더라고."

은진호는 이를 갈았다.

"이번에는 반드시 그 면상을 후려갈겨 주겠어!"

그리고 여전히, 은서호는 낚시를 잘했다.

* * *

"도련님, 이제 제남입니다요."

팔갑의 말에 나는 고개를 끄덕였다.

"이제 슬슬 내릴 준비를 해야겠네."

편안했던 여정은 이게 끝이다. 배에서 내리자마자 다시 고된 여정의 시작이다.

다시금 녹림들이 곡식을 노리고 달려들 테니까.

그래도 제남에서 북경까지는 관도가 잘 정비되어 있고, 민란이 일어나지 않은 지역이었다.

녹림도면 모를까, 민초들을 베는 건 기분이 썩 좋지 않으니까.

곧 제남에 도착했고, 우리는 배에서 내렸다.

쟁자수들이 배에서 곡식을 내리는 것을 보던 나는 하 표두에게 물었다.

"곧바로 출발하는 겁니까?"

"네. 힘들긴 해도 그래야 할 듯합니다. 그래도 한 시진만 이동하면 씻고 쉴 만한 곳이 있습니다. 그곳에서 야숙을 하면 될 듯합니다."

"알겠습니다."

배에서 갓 내린 말들을 위해서는 객잔에서 쉬는 게 좋지만, 우리 사정상 그럴 수가 없었다.

그래도 다행히 하 표두의 말대로 한 시진 만에 쉴 만한 곳에 도착했다.

주변에는 적당한 하천이 흐르고 있었고.

그곳에 도착한 나는 살짝 감상에 빠졌다.

내 이전 삶에서 상행을 할 때 간혹 이곳에서 야숙을 한 적이 있었기 때문이다.

그때를 생각하니 뭔가 새삼스러웠다.

야숙 준비는 이제 척척이었다.

일행은 인원수를 나누어서 반은 야숙할 장소를 만들고 반은 씻으러 갔다.

우리가 배를 타고 온 황하는 누런 흙탕물이었지만, 이

곳의 하천은 바닥이 보일 정도로 맑았다.

이 정도면 마셔도 될 정도.

즉, 최적의 야숙지인 것.

잠시 후 씻으러 갔던 이들이 깨끗해진 얼굴로 돌아왔고, 야숙 준비를 하던 이들과 교대하여 식사 준비를 하기 시작했다.

야숙 준비를 하던 이들이 씻으러 갔고, 약 한 식경 정도 후 그들이 돌아오자 이제 여인들의 순서였다.

은풍대의 육조나 창인표국의 표사들 중에 여인들도 있었기 때문이다.

"곽 부관도 씻고 오십시오."

"네, 다녀올게요."

서향 소저는 그녀들과 함께 씻으러 갔다.

나는 모닥불 앞에 앉아 저녁 식사를 기다렸다. 나는 저녁을 먹은 후 따로 씻을 생각이다.

빨리 씻고 싶긴 했지만, 고생한 이들 먼저 씻어야지.

막간의 틈을 이용해서 진호 형이 제출한 전투 보고서를 읽었다.

최근에 병법서를 구해서 읽는다더니, 확실히 그 성과가 보이고 있었다.

[상대는 서우 무사였다. 서우 무사는 표두 출신이었고 그래서인지 상당히 실전적인 검법을 사용하는 무사다. 또한 누군가를 지키는 것이 습관이 되어서인지 주변을

살피는 빈도가 높다.

 그런 서우 무사를 상대로 이기기 위해서는 일반적이지 않은 전투 방법이 필요하다고 판단했다.

 그래서 이번에는 최대한 서우 무사가 많이 움직이도록 유도한 공격을 하여 그 체력을 빼놓는 방법을……]

 나는 피식 웃었고, 보고서를 불태웠다.

 진호 형이 나름 날카롭게 분석했기 때문이기도 하고, 이런 걸 놔두어서 좋을 건 없으니까.

 잠시 후, 서향 소저가 돌아왔다. 왠지 그녀에게서 매화향이 났다.

 그러고 보니 언젠가부터 그녀에게서 달콤한 매화향이 났었지.

 무슨 향품인지 궁금하네.

 "저에게 무슨 하실 말씀이라도 있으신가요?"

 "혹시, 쓰시는 향품이 있으십니까?"

 "향품이요?"

 그녀는 고개를 저었다.

 "아뇨. 향품은 쓰지 않고 있어요. 비싸기도 하고 별로 필요도 없고요."

 "그렇군요."

 향품을 쓰지 않는데, 이런 매화향이라니…….

 그러고 보니 빙해린 소궁주에게서는 난꽃향이 났었지.

대체 무엇 때문인지 아직 이유는 알 수 없었다.

저녁 식사를 마친 우리는 잘 준비를 했다.
이제 바닥에서 자는 것도 익숙하네.
그리 생각하며 서향 소저에게 가서 자라고 말하려고 하다가 멈칫했다.
서향 소저의 눈동자에 초점이 없었기 때문이다.
설마 미래를 본 건가?
잠시 후 서향 소저는 심각한 표정으로 나를 보았다.
"저기, 소단주님."
"무슨 일입니까?"
서향 소저가 나에게 말했다.
"혹시, 우회하여 가는 방법은 없나요?"
길을 우회하는 방법이라니, 그걸 왜 묻는 거지?
나는 진지한 표정으로 물었다.
"소저, 조금 더 자세한 설명이 필요합니다."
"저희가 앞으로 통과할 길목에 수많은 이들이 매복하고 있어요. 그리고 그들의 기습으로 인해 심각한 피해가 발생할 거예요."
서향 소저의 눈초리가 파르르 떨리는 것을 보면, 정말로 심각한 피해가 발생할 거라는 의미.
"매복하고 있는 자들의 수는 얼마나 됩니까?"
"오백 명이 넘어요."
많기도 하네. 그나저나 그들이 우리를 기다리고 있다

는 건 누군가 미리 이 정보를 알고 저들에게 알렸다는 건데?

곰곰이 생각해 보자 일의 전모가 대충 그려졌다.

우리가 객잔에 들르지 않았다고는 하나, 나루터에서 곡식을 내리는 게 눈에 띄지 않을 리가 없다.

그게 어떤 산채에 알려졌겠지.

그리고 그 산채의 두목은 계획을 세운 거다. 인근 녹림들과 연합을 하기로.

산동 지역의 녹림은 규모가 그리 크지 않다.

관의 영향력이 강한 곳이라 녹림의 규모가 커지면 토벌을 당할 수밖에 없으니까.

그렇게 소규모로 활동하다 보니 우리 일행처럼 거대한 무리는 노릴 수가 없다.

하지만, 이번에 우리가 운송하는 것이 식량이라는 게 그들의 욕망을 건드린 거겠지.

식량이라는 것이 평소 뭉치지 않던 그들을 뭉치게 만들었다.

"혹시 그 장소가 어딘지 알 수 있을까요?"

"잘 모르겠어요. 다만, 커다란 산수유나무가 보였어요."

아…… 거기라면 어딘지 알 것 같다.

우리가 가는 길에 커다란 산수유나무가 있는 곳은 단 한 곳이다.

산동에서 하북으로 넘어가기 바로 직전.

험준한 지형에다가 오백 명이라는 숫자면 확실히 부담이다.

당연히 우리가 질 일은 없겠지만, 큰 피해를 입는 것은 피할 수 없을 터.

백 명이나 이백 명 정도라면 진호 형에게 좋은 경험이 될 텐데.

방금 읽은 보고서만 봐도 진호 형이 확실하게 감을 잡은 거 같거든.

나는 자리에서 일어났다.

고민할 시간에 해결하기 위해 움직이는 것이 내 성미에 맞으니까.

수를 줄여야 한다면, 줄이면 된다.

"진유 무사님. 저와 잠시 어디 좀 다녀오죠."

"예, 따르겠습니다."

"그리고 서우 무사님, 제가 없는 동안 이곳을 잘 부탁드립니다."

"심려 놓으시지요."

"그리고 형님과 하 표두님께는 내일 점심쯤 출발하자고 말씀해 주십시오."

"알겠습니다."

이번 일은 나 혼자 움직여야 했다. 진호 형에게 말하면 분명 함께 가자고 할 터.

하지만 녹림을 상대할 땐 얼음처럼 냉철해야 했다.

전투 방식을 많이 고쳤다고는 해도 아직 진호 형에게는

욱하는 성격이 있었으니까.

그러면 일을 그르칠 가능성이 있다.

"그럼, 잠시 다녀오겠습니다."

그렇게 나와 진유 무사는 조용히 자취를 감췄다.

잠시 후.

나는 한 산채 앞에 서 있었다. 단시간에 오백 명 이상을 모으기 위해서는 이 근처의 모든 산채들이 연합할 수밖에 없다.

내가 산채에 다가가자 울타리를 지키던 한 녹림이 횃불을 들고 다가왔다.

"네놈은 뭐냐?"

고압적인 태도.

하지만 나는 별로 개의치 않았다.

녹림들이 다 그렇지, 뭐.

그리고 저거, 괜히 강한 척하는 거다.

"아, 산중 호걸님에게 인사가 늦었습니다. 소상은 은해상단의 사람입니다. 채주님을 뵙고자 합니다."

그는 잠시 생각하더니 말했다.

"안에 고하겠다. 잠시만 기다려라."

그는 안으로 들어갔고, 잠시 후 나와서 말했다.

"들어가 봐라."

"아이고, 감사합니다."

나는 진유 무사와 함께 채주가 거하는 곳으로 들어갔다.

채주라는 자는 짐승 가죽을 씌워 놓은 의자에 앉아 있었다.

"무슨 일이냐?"

잔뜩 거드름을 피우는 모습에 나는 속으로 비웃었다.

참 같잖아 보였으니까.

"아, 소상은 은해상단의 사람입니다."

"은해상단?"

"설마 모르시진 않을 거라 생각합니다. 그래도 명색이 삼십 대 상단 안에 들어가는 곳인데요. 그리고…… 이번에 강탈하기로 결의한 표물도 저희 은해상단의 것인데 말이죠."

"……!"

그는 움찔했다.

"그, 그걸 어떻게?"

"다 아는 방법이 있습니다. 그래서 말인데, 함께 치자고 꼬드긴 자가 대체 누굽니까?"

"꼬, 꼬드겼다니?"

"저희 상단에는 뛰어난 실력의 무사들이 많습니다. 분명히 선봉에 선 산채는 거의 궤멸에 가까운 피해를 입게 될 것이 분명한데……."

나는 피식 웃었다.

"아무리 생각해 봐도 함께 치자고 꼬드긴 자들이 선봉에 설 것 같지는 않군요."

"……."

내 말에 채주의 표정이 급격히 찌푸려졌다.

"민심이 흉흉한 지금 그 많은 양의 곡식을 가지고 이동하는데, 그 정도의 호위 병력도 없이 표행에 나서겠습니까? 우리 은해상단이 바보인 줄 아십니까? 그나저나 그 사실을 이에 대해 먼저 접한 산채가 모를 리가 없는데……."

나는 슬쩍 말을 붙였다.

"그거, 말해 주지 않은 겁니까?"

"……."

"채주님의 표정이 안 좋으신 것을 보니, 혹시 선봉에 서기로 하신 겁니까?"

"어흠흠!"

"강탈한 표물의 지분을 더 주겠다는 식으로 꼬드겼겠군요."

"……."

"그런데 그 지분, 저승 갈 때 가지고 가시려고 그러십니까? 에이, 아무리 그러고 싶어도 못 가져갑니다. 그거 분명 살아남은 몇몇 산채의 몫입니다."

그제야 더 참지 못한 듯, 분통을 터뜨리는 채주.

"젠장! 우리를 속이다니!"

지금 생각하니 말이 안 되는 꼬드김에 넘어갔다는 것을 깨달은 것이다.

사기를 당하는 자들은 보통 본인이 똑똑하다고 자부하는 자들이다.

본인의 능력을 믿으니까, 본인이 결정한 것을 의심하지 않는 거다.

　내 앞의 채주 역시 그런 부류이고.

　그런 자들은 자신이 틀렸다는 것을 깨달았을 때의 분노가 어마어마하다.

　그런 상태에서 찜쪄먹는 건 아주 쉽지.

　"저들이 먼저 채주님을 속였습니다. 그런데 그 연합을 계속 이어 갈 이유가 있습니까?"

　"없지!"

　"하지만 문제는 현실이죠? 식량이 부족하고 또 이제 춘궁기니까요."

　"……."

　나는 그에게 주머니 하나를 던졌다.

　탁!

　"이게 뭔가?"

　"열어 보시지요."

　그는 주머니를 열었고, 두 눈이 커졌다.

　"이건……?"

　"그 연합에서 빠지셔도 손해를 메꿔 줄 은자입니다. 어쩌시겠습니까? 그 돈을 받고 연합에서 빠지시겠습니까? 아니면 연합에 계속 속하시겠습니까?"

　내 말에 그가 코웃음을 쳤다.

　"말을 이상하게 하는군. 이미 이 돈이 내 손에 들어왔네. 그런데 내가 후자를 선택하면 언제든지 이 돈을 다시 빼앗어 갈 수 있다는 것처럼 들리는군."

"아, 제대로 들으셨습니다."

"그게 무슨…… 컥!"

그는 헛숨을 삼켰다.

어느새 그의 목에 차가운 검날이 닿아 있던 것이다.

이게 내가 진유 무사를 데리고 온 이유다.

상인들은 어쩔 수 없이 녹림도들의 생리에 대해 잘 알 수밖에 없다.

철저하게 이득을 위해 움직이는 이들.

어떤 면에서는 상인들과 닮은 면도 있긴 하다.

하지만 우리 상인들이 그들과 다른 결정적인 이유는 상도덕이 있다는 것이다.

나 역시 그 상도덕을 위해 내 앞의 채주에게 적당한 대가를 주는 것이다.

물론, 욕심이라는 것은 사람의 눈을 어둡게 만들지.

아무리 대가를 받았어도 내가 조용히 떠나면 연합에 참여해서 더 많은 대가를 노리려고 하겠지.

그래서 이렇게 경고하는 거다.

나는 씨익 웃었다.

"어찌하시겠습니까?"

내 물음에 그는 덜덜 떨며 말했다.

"노, 농담이었을 뿐이네. 하하하. 약속은 지켜야지. 암! 그렇고말고."

"어찌하시겠습니까?"

"연합에서 빠지겠네!"

"잘 생각하셨습니다."

내가 눈짓을 하자 진유 무사는 검을 그의 목에서 떼어 냈다.

"아마 지금쯤 이런 생각을 하고 있을 겁니다. 이 정도의 실력이라면 그냥 연합에 참여하기로 한 여러분들을 죽여 버리면 될 텐데, 왜 이렇게 귀찮은 일을 하냐고요."

정곡을 찔린 듯 그의 눈동자가 커졌다.

"제 입장에서는 이게 더 이득입니다. 말씀드렸다시피 저희는 상인입니다. 채주께서 이 주변을 깨끗하게 청소하고 관리해 주시는데 구태여 왜 손을 댑니까?"

녹림도에게 통행료를 주는 건 입맛이 쓰지만, 그게 더 이득이기 때문에 그리 하는 거다.

이렇게 관계를 우호적으로 맺어 두면 우리 상단의 상행은 그들에 의해 피해를 입지 않는다.

우리 상단이 모든 지역에 압도적인 호위 병력을 붙일 수 있는 게 아니니까.

그들도 무리하게 상행을 습격해서 피해를 보기보다는, 안정적으로 통행료를 받는 게 좋고.

"흠흠, 그렇긴 하지."

"물론, 저희를 건드린다면 피를 봐야 하지만 말입니다."

"걱정 말게. 앞으로도 그냥 얌전히 통행료만 받아먹도록 하지."

"네, 그게 바로 적당한 선입니다."

이렇게 이 이야기는 끝났고.

"그래서, 이번 일을 같이하자고 꼬드긴 산채는 어딥니까?"

"여기 동쪽으로 산 하나를 넘어가면 있는데, 만구 채주가 운영하고 있는 곳이네."

"그렇군요. 그럼 선봉에 서기로 한 산채들을 좀 알려주시겠습니까?"

* * *

산동에서 녹림 산채를 운영하고 있는 만구 채주는 배를 벅벅 긁으며 흐뭇한 표정을 지었다.

조만간 얻게 될 엄청난 양의 식량이 눈에 아른거렸기 때문이다.

얼마 전 제남에 파견해 둔 정보원이 아주 귀한 정보를 물어 왔다.

바로 은해상단에서 대량의 곡식을 운반하고 있다는 정보.

은해상단.

최근에 급격히 성장해서 삼십 대 상단 안에 드는 것으로 알고 있는 곳.

게다가 이런 흉흉한 세상에 식량을 운반하고 있으니 그 호위 병력도 상당한 수준일 터.

그러나 그런 것 때문에 포기하기에는 너무나도 먹음직스러웠다.

잘만 하면 일 년 내내 배를 두들기며 살아도 될 정도의 양이었으니까.

고민하던 그는 좋은 방법을 떠올렸다.

인근의 산채들을 끌어들이는 것.

자신의 몫이 줄어들기는 하겠지만, 아무것도 얻지 못하는 것보다는 나았다.

지분을 넉넉하게 나눠 준다고 한다면 안 그래도 배고픈 자들이니 넘어올 게 분명했다.

그는 재빨리 움직여 주변의 모든 산채에 사람을 보냈다. 은해상단 일행이 산동을 벗어나기 전에 습격해야 했으니까.

예상대로 그들은 모두 자신의 제안을 승낙했고, 한곳에 모여 구체적인 계획을 짰다.

만구는 선봉에 서는 자들에게 더 많은 지분을 주겠다고 했고, 몇몇 채주들이 선봉에 설 것을 약속했다.

'멍청한 자식들, 참 쉽게 넘어온단 말이지.'

그는 속으로 비웃음을 흘렸다.

지분을 많이 주는 것은 공수표에 불과하다.

상대의 전력을 생각하면 그들은 전멸하는 게 불 보듯 뻔할 터.

자신은 최대한 늦게 전투에 가세해서 자신의 몫을 챙길 계획이다.

워낙 규모가 큰 일이니만큼 관이나 문파에서 개입할 수도 있지만, 자신들은 금세 뿔뿔이 흩어질 터.

소규모라는 건 그런 면에서는 유리한 것이 있었다.

그 생각을 하니 다시금 흐뭇해졌다.

그때 한 녹림도가 후다닥 달려왔다.

"채주님! 채주님!"

"뭐냐?"

"사냥감이 다가오고 있습니다. 앞으로 반나절 정도면 도착할 듯합니다."

"그럼 이제 슬슬 가 볼까?"

그는 산채의 부하들에게 전투 준비를 하라고 명한 후, 자신의 애병기인 쌍도끼를 들었다.

그들은 곧바로 습격을 위한 장소로 향했다.

그곳에는 이미 적잖은 수의 녹림들이 모여 있었다.

하지만 만구는 뭔가 이상함을 느꼈다.

생각보다 숫자가 적었고, 몇몇 채주들이 보이지 않았기 때문이다.

"아니, 공 채주하고 연 채주하고 소 채주하고…… 왜 아직 안 오는 겁니까?"

"나도 잘 모르지요."

"이거 곤란한데…… 그들은 선봉에 서기로 한 산채 아닙니까?"

공교롭게도 아직 도착하지 않은 이들은 모두 선봉에 서

기로 한 곳들.

"채주님! 사냥감이 지척에 다가왔습니다!"

지금까지 오지 않았다는 건, 이 일에서 빠진다는 의도가 분명했다.

"……."

"어쩔 수 없지요. 우리끼리 칩시다!"

"그럼 누가 선봉에……."

그들은 서로의 눈치를 살폈다.

여기 있는 이들은 선봉에 서면 가장 큰 피해를 입을 것을 알기에 선봉에 서지 않은 이들이다.

만구 채주는 어쩔 수 없다는 듯 나섰다.

"에이! 그냥 우리 모두 한 번에 칩시다!"

"그게 좋겠습니다."

그렇게 모두 일제히 공격에 나서기로 한 녹림들.

하지만 그들의 수는 원래 예상했던 수의 절반도 되지 않는 이백 명 남짓에 불과했다.

* * *

마차를 타고 가고 있던 나는 씩 웃었다.

저 앞에서 느껴지는 살기는 녹림의 살기였다. 하지만 그 수가 오백 명은커녕 이백 명이 채 되지 않았기 때문이다.

실전 경험을 쌓기에 딱 좋은 숫자.

"저, 정말 괜찮은 건가요?"

서향 소저의 물음에 나는 고개를 끄덕였다.

"네. 소저께서 보셨던 오백 명이 넘는 이들은 이제 없습니다. 말씀드렸다시피 약간의 회유와 협박으로 절반 이상의 이들이 습격을 단념하게 만들었으니까요."

처음 찾아갔던 산채의 채주는 나에게 함께 선봉에 서기로 한 산채를 비롯하여 이번 일을 주도한 자까지 술술 말해 주었다.

나는 선봉에 서기로 한 산채들을 차례대로 방문했고, 그들에게 연합에 빠지겠다는 맹세를 받아 냈다.

그걸 떠올리며 내가 후후 웃자, 팔갑이 말했다.

"도련님, 그렇게 웃으시니까 무섭습니다요."

"내가 뭐가 무섭다고······."

억울하다는 듯 옷소매의 금령을 부드럽게 쓰다듬었다.

부르르.

금령아. 너는 왜 떠는 거니?

나 진짜 상처받아.

그때 마차가 멈추었다.

이제 전투를 시작할 시간이군.

나는 팔갑에게 서향 소저를 지키라 명한 후 마차에서 내렸다.

저 길 양옆에 빼곡하게 서 있는 이들.

진호 형의 실전 경험을 위한 이들이다.

그나저나 지금까지 대체 몇 번이나 전투를 치른 건지.

여기에 대해 북해빙궁의 궁주님께 단단히 한몫 받아 낼 거다.

내가 설풍궁의 소궁주이긴 하지만, 북해빙궁으로 가지고 가는 식량과 운송비는 당연히 공짜가 아니거든.

87장. 귀매장시(鬼魅場市)

귀매장시(鬼魅場市)

잠시 후.

우리를 습격했던 녹림들은 단 한 명도 제대로 서 있지 못했다.

"끝났습니다."

하철 표두의 말에 우리는 고개를 끄덕였다.

"그럼, 가죠."

"네."

녹림 중에는 죽은 이들도 다수고, 움직이지 못할 정도로 다친 이들도 많다.

그러나 그건 저들의 자업자득.

우리를 건드리지 않았다면 벌어지지 않았을 일이지.

멀리 숨어 있는 몇몇 이들의 기운이 느껴졌다. 살기가 없는 것으로 보아 우리를 치는 게 목적이 아닌 이들이다.

상황이 어찌 되었나 동태를 살피러 온 이들일 터.

이걸로 이 지역의 녹림들에게 우리 은해상단의 악명이 좀 쌓였겠지.

녹림들에게 쌓이는 악명은 강력한 창검과 방패가 된다. 녹림들도 몸을 사리느라 잘 건드리지 않거든.

나는 기운을 일으켜 몸에 밴 피 냄새를 털어 낸 후 마차에 탔다.

그리고 서향 소저에게 말했다.

"끝났습니다. 이제 안전합니다."

"아, 그런가요?"

"그래도 보기에 좀 거북하니, 창문은 나중에 여시는 게 좋을 겁니다."

"네."

서향 소저도 그렇고 그녀의 하녀도 그렇고, 아직 피가 낭자한 현장을 본 적이 없을 터. 괜히 그 모습을 봤다가는 충격을 받을 수 있다.

나와 동행하다 보면 그런 모습을 언젠가 보게 되겠지만, 조금 더 적응한 뒤에 보는 게 좋겠지.

나도 그런 잔혹한 모습을 처음 마주했을 때 정말 힘들었거든.

처음으로 누군가의 목숨을 취했을 때 역시 그 후유증이 제법 오래갔고.

물론 그녀들이 마음이 약한 사람이 아니라는 건 안다. 오히려 마음이 강하니, 그 힘든 상황을 겪으면서도 삶의 의지를 잃지 않고 살아가는 거겠지.
 서향 소저의 하녀 역시 마음이 강하니 그녀를 모시기로 선택을 한 거겠고.
 "출발하겠습니다."
 "네."
 곧 내가 탄 마차가 움직이기 시작했다.

 .
 .
 .

 하북성에 접어들면서부터 우리의 이동은 편해졌다.
 수도 근처인 만큼 관도도 잘 정비되어 있고, 치안도 매우 좋기 때문이다.
 그렇다는 건 긴장을 좀 풀어도 된다는 의미기도 하고.
 종일 긴장하면서 걷는다는 건 참 힘든 일이니까.
 마침내 우리는 은해상단 북경지부에 도착했다.
 "곽 부관! 잘 왔네!"
 "기다렸네!"
 "곽 부관이 없어서 우리가 얼마나 힘들었는지 아나?"
 우리가 방문한다는 소식을 전해 들었는지, 북해지부의 이들이 우리를 맞이해 주었다.
 그런데 어째 묘하게 나보다 서향 소저를 더 반가워하는 것 같단 말이지?
 "영 쓸쓸해서 말이지."
 "역시 자네가 있어야 분위기가 산다네."

아…… 같은 게 아니구나.

서향 소저를 더 반가워하는구나. 나는 부루퉁한 표정으로 말했다.

"이거 섭섭합니다. 저는 안 보이십니까?"

"하하하, 그럴 리가요?"

"여기, 제 형님도 계신데……."

"어? 둘째 소단주님도 오셨습니까? 그런데……."

여창의 부국주가 고개를 갸웃했다.

"어째 저번에 뵈었을 때보다 얼굴이 많이 상하셨습니다."

아무래도 여기까지 오면서 여러 전투를 치렀을 뿐만 아니라, 계속해서 단체 대련을 했으니까.

내가 볼 때 진호 형이 제일 힘들었던 건 아무래도 전투 복기 보고서를 작성하는 것이었겠지만…….

그때 하 표두가 말했다.

"오는 길이 좀 힘들었습니다. 저희가 가지고 온 것이 아무래도 곡식인지라……."

"아, 그랬군요."

"그랬다면 힘들 만합니다."

다들 수긍하며 고개를 주억거렸다.

나는 속으로 웃으며 은 지부장에게 말했다.

"이곳에서 잠시 쉬고 다시 북해로 출발할 예정입니다."

"알겠습니다. 그리 알고 있겠습니다."

"그리고 이렇게 북경에 들렀으니 일을 좀 처리하고 가야겠군요. 잠시 후에 집무실로 가겠습니다."

그리 말한 우리는 각자 처소로 향했다.

북경지부를 지을 때 나중을 생각해서 무척 크게 지은 만큼 쉴 장소는 충분했다.

나는 내 처소로 들어왔고, 씻기 전 팔갑에게 말했다.

"팔갑아. 네가 볼 때 곽 부관도 일한다고 올 것 같지 않아?"

"그거야 당연한 거 아닙니까요?"

"그러니까 가서 전해. 오늘은 집무실에 나올 생각 하지 말고 뭔가 좀 먹은 후에 그냥 자라고."

"알겠습니다요."

"이건 명령이고, 자나 안 자나 내가 직접 확인한다고 전해."

생각보다 서향 소저는 고집이 있었다.

이렇게까지 말하지 않으면 기어코 나와서 일할 사람이다.

호북에서 북경까지의 여정은 결코 만만한 여정이 아니다. 앞으로의 여정도 그렇고.

아무리 무공을 배우고 있다고 해도 무리하다가 병이 나면 그게 더 손해다.

그러니 오늘은 푹 쉬는 것이 일의 효율이 더 올라가는 법이지.

그러면 나는 왜 안 쉬냐고?

내가 국주니까. 젠장.

잠시 후, 씻고 배를 채운 나는 집무실로 향했다.

"잠시 들어가겠습니다."

내가 오기를 기다리고 있었는지, 여창의 부국주가 금세 도착했다.

"국주님께서 결재해 주셔야 할 것들입니다."

"생각보다 많지 않군요."

"중요하지 않은 건 제가 처리했으니까요. 이것들은 반드시 국주님의 재가가 있어야 하는 것들입니다."

하긴, 내가 그렇게 하라고 위임했으니까.

그리하길 잘했다는 생각이 들었다. 안 그랬으면 결재 서류의 산에 파묻혔을걸?

그는 내 옆을 보며 말했다.

"그런데 곽 부관은……?"

"아, 제가 오늘은 푹 쉬라고 했습니다. 무리하다 병이라도 나면 큰일 아닙니까?"

"잘 생각하셨습니다. 암요! 그래야죠! 아, 혹시 설명이 필요하면 부르십시오."

"알겠습니다."

여창의 부국주가 나간 후, 나는 결재 서류들을 살피기 시작했다.

하지만 금세 또 다른 방문자가 생겼다.

이 기운은, 은 지부장이군.

"국주님, 지부장입니다."

"들어오세요."

문이 열리고 은 지부장이 들어왔다.
"무슨 일이신가요?"
"사실, 며칠 전에 이 서신이 도착했습니다."
그는 나에게 들고 있던 서신을 내밀었다.
"셋째 소단주님께 도착한 서신이라는 건 분명한데, 발신인이 없습니다."
나는 그 서신을 받아 들었다.
[은서호 소단주께]라고 적힌 그 서신에서는 익숙한 기운이 느껴졌다.
차가운, 북해빙궁의 기운.
이건 빙해린 소궁주가 보낸 서신이다. 나는 서신을 뜯어보았다.

[북경지부 인근의 청풍객잔에서 개의 시간이 되면 린이라는 사람을 찾으십시오]

빙해린 소궁주는 벌써 도착했구나.
그나저나 개의 시간이라…….
그건 당연히 술시(戌時:19~21시)를 의미한다.
오늘 밤은 좀 바쁘겠네.

.
.
.

밤이 되었다.

나는 진유 무사와 여응암 무사를 데리고 청풍객잔으로 향했다.

북경지부에서 일할 때 가끔 들르는 곳이라 익숙하다.

이곳의 야채죽은 별미였기에, 아침부터 야채죽을 먹기 위해 사람들이 줄을 설 정도다.

나 역시 몇 번 먹어 봤는데, 먹을 때마다 감탄이 나올 정도였다.

청풍객잔에 들어가자, 식사를 하는 이들은 별로 없었다.

아무래도 시간이 시간인지라 늦은 식사를 하는 이들과 야식을 먹는 이들 몇 명 정도가 다였다.

"어서 오십시오!"

점소이가 나를 맞았다.

"혹시 여기에 린이라는 자가 있소?"

내 물음에 점소이가 대답했다.

"아, 안 그래도 부탁을 받았습니다. 잠시만 앉아서 기다리세요."

"알겠소."

나는 고개를 끄덕이고는 적당한 자리로 향했고, 점소이는 위층으로 올라갔다.

잠시 후, 빙해린 소궁주가 내려오는 게 느껴졌다.

여전히 냉랭한 얼굴이었다.

그리고 그녀에게서 풍기는 난꽃 향도 여전했고.

나는 자리에서 일어나 그녀에게 포권했다.

"오랜만에 뵙습니다."

"그러네요. 잠시 나갈까요?"

그녀의 권유에 나는 고개를 끄덕였고, 그녀를 따라 객잔을 나섰다.

빙해린 소궁주가 나를 이끌고 간 곳은 익숙한 곳이었다.

귀주성 포정사와 대화를 했던 장소.

문득 그때 생각이 나네.

그나저나 이곳에 왔다는 건 보안에 신경 쓰고 있다는 의미인데…….

아까 그 점소이의 기운이 북해빙궁 제자의 기운이라는 것도 좀 걸리고.

나는 먼저 가볍게 대화를 걸었다.

"북해빙궁의 제자분들께서 생각보다 여러 곳에 퍼져 계신 모양입니다."

"맞습니다."

그녀는 고개를 끄덕였다.

"북해가 워낙 외진 곳에 있다 보니 외부의 소식에 어두울 수밖에 없더군요. 그래서 외부의 소식을 알기 위해 제자들이 수고해 주고 있습니다."

그녀는 말을 이었다.

"아까 그 객잔의 점소이의 기운을 알아차리신 모양이군요."

"맞습니다."

빙해린 소궁주가 한숨을 내쉬었다.

"소문 들었습니다. 어마어마한 양의 곡식을 가지고 오셨다죠?"

"소문이 빠르군요."

"우선, 저희 북해빙궁을 위해 이런 수고를 자처하신 것에 대해 감사를 표합니다."

"아닙니다. 설풍궁의 소궁주로서 당연한 일입니다."

내 말에 빙해린 소궁주가 고개를 주억거렸다.

"역시, 예상은 했는데 정말 소궁주가 되셨군요. 축하드립니다."

"감사합니다."

나는 가볍게 포권하며 그 축하를 받았다.

"그런데 이렇게 한적한 곳까지 오신 이유가 있습니까?"

"네."

그녀는 고개를 끄덕였다.

"불온한 단체가 북해빙궁의 상황에 대해 아는 상황이 달갑지 않아서 말이죠."

"불온한 단체라면?"

"어디든요. 저희 북해빙궁이 생각보다 적이 많답니다. 한 번 강호에 출두하면 피바람을 불러일으키는 만큼 은원관계가 복잡하죠."

"그렇겠군요. 그런데 저는 태어나서 북해빙궁이 강호에 출두했다는 소식을 들은 적이 없습니다."

"알고 계신 대로입니다. 하지만 은혜라는 건 오십 년을 가기 힘들어도 원한이라는 건 능히 백 년도 이어 갈 수 있죠."

"……."

맞는 말이라서 반박할 수 없었다.

해묵은 원한 때문에 후손 대대로 원수로 살아가는 자들이 제법 되니까.

"게다가 북해빙궁의 절세무공들을 원하는 이들도 많으니까요."

"생각보다 고달픈 곳이군요."

다시 한번 설풍궁의 존재 의의를 깨달았다.

북해의 초입에서 일차적으로 북해빙궁을 노리는 자들을 막아 내던 곳이 설풍궁이었던 것이다.

"그런데, 제가 받은 서신에는 식량의 공급이 원활하지 않다고 적혀 있었습니다. 자세한 상황을 알고 싶습니다."

내 물음에 그녀가 복잡한 표정으로 대답했다.

"저희가 주로 영약을 팔아 식량을 마련하고 있다는 건 아시죠?"

"네. 전에 들어서 알고 있습니다."

"그런데……."

그녀가 아미를 찌푸리며 말했다.

"저희가 상인들에게 넘긴 영약이 가짜라고 하네요."

"네?"

"가짜 영약이라 사 줄 수 없다고 하니 식량을 마련할

방도가 없어졌어요."

북해빙궁이 가짜 영약을 넘길 곳은 절대 아니다.

그렇다면 문제는 그 영약들을 감정한 상인에게 있다.

"그 상인은 이전부터 계속해서 거래하던 상인입니까?"

"네."

그녀는 고개를 끄덕였다.

"그래서 그자에게 돌려받은 영약들을 가지고 다른 곳에 감정을 맡겼음에도 같은 결과가 나왔어요."

빙해린이 말했다.

"그러다 보니 빙궁의 식량이 바닥을 보이게 됐고, 어쩔 수 없이 소궁주께……."

"그냥 소단주라고 불러 주십시오."

"네, 소단주께 부탁을 드린 거예요. 아무래도 상인의 일은 상인이 잘 알 테니까요."

"그렇게 된 일이군요."

확실히 처음 영약을 감정한 상인이 정황상 의심스럽지만, 증거는 없는 상황이다.

만약 다른 곳에서 영약들이 진짜라고 말했으면 모르지만, 그곳들도 모두 영약들이 가짜라고 했으니까.

영약을 가지고 온 제자들도 조금 의심스럽지만, 지금 그런 말을 할 필요는 없지.

"그럼 다른 영약들을 가지고 오면 안 됩니까?"

"저희가 넘기는 영약은 그리 흔한 게 아니에요. 이번에는 식량 가격이 비싼 것을 생각해서 제법 비싼 것을 넘겼거든요. 가장 비싼 건 백 년에 한 번 얻을 수 있고, 가장 싼 것도 한 달은 있어야 얻을 수 있고요."

"그렇군요. 확실히 어렵겠군요."

"그래서 할 수 없이 돈과 보석을 가지고 와서 식량을 마련하려고 했는데……."

"쉽지 않았을 겁니다."

"네."

그만큼 흉년이 극심했으니까.

게다가 지금 식량을 가진 이들은 이 기회를 통해 폭리를 취하려고 할 터.

"급한 대로 조금씩 구해서 보내고 있기는 하지만, 턱없이 부족한 실정이에요."

"그런 사정이 있었군요. 일단 급하다고 하시니 운송해 온 곡식을 먼저 옮기도록 하시죠."

"네."

다음 날,

우리는 곧바로 출발했다.

원래 며칠 쉬었다가 출발할 생각이었지만, 빙해린 소궁주의 말에 의하면 상황이 심각했으니까.

빙해린 소궁주는 우리가 출발한 다음 날 조용히 합류했다.

그날 저녁.

우리는 야숙을 하게 되었고, 나는 빙해린 소궁주에게 물었다.

"그 영약들을 가짜라고 말했던 상인이 요녕의 상인이라고 하셨죠?"

"네."

요녕이라…… 알아보기 힘든 변방이지만, 내게는 어렵지 않다.

내 친우가 바로 요녕의 상계를 꽉 잡고 있는 사람이니까.

"저는 그 요녕의 상인이 의심스럽습니다. 가장 가능성이 큰 건 그자가 감정을 맡은 것들을 가짜로 바꾸었을 가능성입니다."

"저도 그렇게 생각했어요. 그래서 몰래 그자의 처소를 살폈지만, 그 어디에도 영약은 없었어요. 그리고 그게 유통되었다는 증거도 없고요."

"그렇습니까?"

그렇다면 내가 한 번 더 살펴봐야겠군.

빙해린 소궁주는 무인이고, 무인의 눈과 상인의 눈은 다르니까.

그럼에도 찾지 못한다면 이미 유통되었을 가능성이 크다.

빙해린 소궁주는 유통되었다는 증거가 없다고 했지만, 요녕에는 그게 몰래 유통될 만한 곳이 하나 있지.

그곳에 오랜만에 가 보겠네.

뭐, 나름 재밌는 곳이다.

.
.
.

 우리는 곧 요녕에 도착했다.

 북해로 가기 전에 항상 들르는 곳이지만, 보통 하루 이틀만 머무는 곳이다.

 하지만 이번에는 이곳에서 해야 할 일이 있기에 며칠 머무를 예정이다.

 북해빙궁에 식량을 전달해 주는 것도 급하지만, 북해빙궁을 상대로 사기를 친 상인에 대한 증거를 찾기 위해서다.

 지금이 아니면 증거를 찾지 못할 테니까.

 우리는 이번에는 야숙을 하거나 하지 않고 광준상단으로 향했다.

 그에 대한 정보를 얻기 위해서기도 하고 이곳에서 우리 일행이 머무를 만한 곳이 그곳뿐이기 때문이다.

 이미 요녕에 도착하자마자 경공이 가장 뛰어난 진유 무사를 보내 협조를 요청했다.

 금령을 통해 서신을 보낼 수도 있었지만, 금령의 존재는 되도록 비밀이라서.

 누군가 금령을 본다면 탐을 낼 것이 분명하니까.

 진유 무사가 가져온 답장에는 흔쾌한 승낙이 적혀 있었다.

오히려 자신에게 도움을 청하지 않았다면 서운할 뻔했다면서.

복 소단주는 정말 좋은 친우다.

광준상단에 도착해 문지기에게 신분을 밝히자, 한 명이 급히 안으로 들어갔다.

잠시 후, 안에서 반가운 얼굴이 달려 나왔다.

"은 소단주!"

"건강해 보이시니 다행입니다. 복 소단주."

그는 내 옆의 빙해린 소궁주에게 깊이 고개를 숙여 포권하였다.

"광준상단의 소단주 복윤, 북해빙궁의 소궁주님을 뵙습니다."

"반갑습니다."

"편히 쉬다 가시기 바랍니다. 어서 들어오십시오."

복윤 소단주는 시종에게 우리 일행들을 처소로 안내하게 했다.

하 표두와 진호 형이 책임자로서 표물을 차장 안으로 들이는 사이, 나와 빙해린 소궁주는 복윤 소단주와 함께 접빈실로 향했다.

앉아서 그간의 일에 대해 대화를 나누고 있자니, 다과가 나왔다.

마침 살짝 출출했던 터라 얼른 다과를 집어 먹었다.

"역시 맛있군요."

"입에 맞다니 다행입니다."

복윤 소단주는 웃으며 말을 이었다.

"그런데 북해빙궁의 소궁주님과 함께 가시다니, 무슨 심각한 일이라도 있습니까?"

그 물음에 나는 고개를 저었다.

"그리 심각한 일은 아닙니다."

해결할 수 없는 일이 심각한 일이다. 해결할 수 있으면 심각한 일이라고 할 수 없지.

"제가 가지고 온 식량을 보시면 아시겠지만, 북해빙궁으로 식량을 운송하던 중이었습니다."

"그렇군요."

고개를 주억이던 복윤 소단주는 고개를 갸웃했다.

"헌데 왜 은해상단의 도움을 받는 겁니까? 제가 알기로 북해빙궁에서는 북해의 영약들을 판 돈으로 식량을 마련한다고 알고 있습니다. 아무리 흉년이라고 해도 북해빙궁에서 넘기는 영약의 가치를 생각하면 식량을 구하기 어렵지 않을 텐데요."

역시 복윤 소단주, 이 상황이 이상하다는 것을 곧바로 알아차렸다.

"맞습니다. 하지만 조금 사정이 있어서 그렇게 되었습니다."

"사정이라……."

복윤 소단주는 눈썹을 찡그리며 말했다.

"사실 이상한 소문을 들은 적이 있습니다. 북해빙궁에

서 가짜 영약을 팔려고 했다는 소문이었죠."

그 말에 빙해린 소궁주가 싸늘한 표정으로 물었다.

"소단주께서는 그 소문을 믿으십니까?"

그 냉기에 복 소단주의 안색이 파랗게 질렸다. 사실 그 일 때문에 지금 빙해린 소궁주는 상당히 열 받은 상태였으니까.

하지만 복 소단주는 무공을 익히지 않은 평범한 상인이다.

"소궁주님, 진정하시지요. 그러다 애꿎은 사람이 상할 겁니다."

"아! 제가 실례했네요."

빙해린 소궁주는 순식간에 기운을 갈무리했다.

"정말 죄송합니다."

"괘, 괜찮습니다."

그제야 안색이 편해진 복 소단주가 땀을 닦으며 말했다.

"소문이란 두 가지 경우가 있습니다. 겉으로 드러난 것만을 말하는 경우와 숨겨진 진실에 대한 것에 대해 말하는 것이죠. 제가 볼 때 이건 겉으로 드러난 것만을 말하는 경우라고 생각됩니다."

"그렇⋯⋯ 군요."

나는 빙해린 소궁주를 보았다.

냉정하고 차가운 사람으로 보였는데, 그 본능은 다른 듯했다.

그러고 보니, 차가움이 극에 달하면 오히려 뜨겁게 느껴진다고 했던가?

"이에 대해 자세한 설명이 필요하겠군요."

나는 말을 이었다.

"이곳에서 영약을 사고파는 이들 중에 임청밀이라는 자가 있다고 들었습니다."

"아, 그자라면 저도 알고 있습니다. 청밀상단이라고 이곳의 영약상 중에 가장 규모가 큰 곳을 이끄는 자입니다."

"이번 일의 발단이 그자입니다."

나는 빙해린 소궁주에게 들었던 사정에 대해 설명했다. 그 설명을 들은 복윤 소단주가 말했다.

"말씀하신 대로라면 그자가 상당히 의심스럽군요."

"맞습니다. 그래서 복 소단주를 찾아온 겁니다."

"저 역시 그렇습니다."

"두 가지 가능성을 생각해 볼 수 있겠군요. 영약을 운반했던 북해빙궁의 제자가 영약을 가짜로 바꿔치기했을 가능성과 임청밀이라는 상인이 영약을 감정하면서 가짜로 바꿔치기 했을 가능성입니다."

나는 고개를 끄덕였지만, 빙해린 소궁주는 믿을 수 없다는 듯 고개를 저었다.

"본 궁의 제자가 그런 짓을 했을 리가 없습니다!"

"네, 압니다. 물론 그런 짓을 했을 리가 없죠. 북해빙궁이 얼마나 서로를 위하는지 잘 알고 있으니까요. 하지만 말입니다."

나는 말을 이었다.

"사람에게 욕심이라는 것이 들어가면, 그 무엇도 보이지 않습니다."

"……."

"그리고 세상 모든 일에 있어 단언하는 것만큼 어리석은 건 없습니다."

나는 부드럽게 말을 맺었다.

"그러니까, 이 역시 가능성의 하나로서 생각하는 것뿐입니다."

"알겠습니다."

그녀는 복잡한 얼굴로 고개를 끄덕였다.

"궁주님께서는 이번 일에 대해 은 소단주, 그대의 의견에 전적으로 따르라 명하셨으니까요."

궁주님이 그런 명을 내렸다고?

내가 그리 대단한 녀석은 아닌데…… 참 부담되게…….

나는 복윤 소단주에게 말했다.

"뭐, 어찌 되었든 북해빙궁에서 가지고 간 영약은 틀림없는 진짜. 소궁주께서 알려 주신 영약들의 목록을 살펴보니 중원에서 쉽게 구할 수 없는 영약이더군요. 게다가 그걸 가지고만 있으면 아무 의미가 없을 터, 어딘가에 판매하려 할 겁니다."

"과연, 그렇군요."

"하지만 북해빙궁이 두 눈 시퍼렇게 뜨고 감시하고 있는 상황에서 간이 크게 그 영약들을 당당히 거래할 리가 없다고 생각합니다."

내 말에 복윤 소단주의 눈동자가 커졌다.

"혹시, 거길 말하는 겁니까?"

"네. 맞습니다."

나는 고개를 끄덕였다.

"귀매장시(鬼魅場市)에 가 봐야 할 듯합니다."

"거긴 어디죠?"

귀매장시라는 곳은 그 이름 그대로 귀신이나 도깨비들의 장시라는 의미다.

밤에 반짝하고 열리고 새벽닭이 울기 전에 철수하여 날이 밝으면 모든 것이 온데간데없이 사라져 버리기 때문이다.

그게 마치 귀신이나 도깨비에 홀린 듯하다고 하여 그런 이름이 붙었다.

또한, 밤이란 귀신이나 도깨비들의 시간이기도 하지만 우리 같은 상인들에게는 다른 의미가 있다.

떳떳하지 못한 것이 드러나는 시간.

즉, 암시장이다.

빙해린의 물음에 적당히 설명했다.

"그런 곳이 있었군요!"

"모르셨습니까?"

알 만한 이들은 알고 있는 제법 유명한 곳이니까 그녀 역시 알고 있다고 생각했는데 아닌 듯했다.

"솔직히 저희가 이곳에 상주하는 것도 아니고 그런 은밀한 일까지 알 수는 없는 일이니까요."

그녀는 말을 이었다.

"그리고 되도록 문제가 생길 만한 일은 하지 않고 있기도 하고요."

"무슨 말씀인지 알겠습니다."

나는 말을 이었다.

"북해빙궁의 영약들이 거래된다면, 틀림없이 그곳에서 거래될 것입니다."

"하지만 이미 거래가 끝났을 수도 있어요."

"그렇지는 않을 겁니다. 이번에 빙궁에서 거래를 위해 내놓았던 음기의 영약은 절대 흔한 것이 아닙니다."

"그러니까요. 원하는 자들이 많은 만큼 빨리 팔릴 거 아닌가요?"

"그건 하수입니다."

"……?"

나는 찻잔을 들어 앞에 놓으며 말했다.

"만약 이 찻잔이 엄청난 보물이라고 해 봅시다. 그리고 이걸 원하는 이들은 수천 명이 넘지요. 그런 상황에서 이 찻잔을 팔고자 하는 자는 이익을 극대화하고 싶어 할 겁니다."

"그렇겠죠."

"그런 상황에서 첫 번째로 만난 자가 금자 열 냥을 부르면 그냥 팝니까?"

"몇 명을 더 만나 보겠죠?"

"그렇습니다. 소궁주님이 생각해도 그렇죠?"

"그런 과정이 필요하기에 비싼 값을 불러도 곧바로 팔지 않는다는 건가요?"

"간단히 생각하면 그리 생각해도 무방합니다만, 수천 명을 다 만나는 건 힘든 일입니다. 그러나 제법 넓은 공간만 있다면 그런 번거로운 일 없이 흥정을 통해 가격을 올릴 수 있습니다."

나는 씩 웃었다.

"바로, 경매입니다."

"아!"

내 말에 빙해린 소궁주의 눈동자가 커졌다. 그리고 복윤 소단주가 말을 이었다.

"그리고 귀매장시는 칠 일에 한 번 열리지만, 경매는 한 달에 한 번 열립니다. 그때가 가장 많은 사람들이 몰리는 날이죠."

"마침 내일모레가 보름이더군요."

그래서 빙해린 소궁주에게 북경에서 이 일에 대해 듣자마자 서둘러서 출발했고, 분주하게 이동한 것이다.

그 영약들이 귀매장시의 경매에서 거래될 것이 분명했으니까.

.

.

.

나는 처소로 돌아왔다.

복윤 소단주는 우리 일행이 같이 머무는 것이 좋다고 여긴 것인지, 별채 두 채를 통째로 처소로 쓰게 해 주었다.

참 고마운 일이다.

나는 처소로 돌아와 씻고 저녁을 먹은 후, 잠시 산책을 나섰다.

광준상단은 말을 주로 취급하는 곳이라 그 부지가 매우 넓었다.

우리 은해상단도 넓은 편이지만, 그보다 몇 배는 될 정도로.

하여 산책할 만한 숲도 있었다.

복윤 소단주는 나와 저녁을 같이 먹고 싶어 했지만, 선약 때문에 어쩔 수 없이 출타해야 했다.

그나저나 이제 여름이면 혼인을 하는 만큼 살짝 들뜬 모습이다.

그렇게 좋은가?

나는 아직 그 감정을 모르니만큼, 궁금해졌다.

그러고 보니 이전 생에서도 그리고 이번 생에서도 오직 상단을 위해 일하다 보니 혼사는 생각도 하지 못했었구나.

물론 이전 삶에서 내 혼사가 추진되긴 했었다.

하지만 여러 가지 사건이 터지면서 흐지부지되었지.

이번 생에서는…….

나도 잘 모르겠다.

다음 날 아침.

침상에서 일어나 운기조식을 마치고 방 안에서 체력훈련을 할 때, 살짝 열어 놓은 창문을 통해 커다란 보따리를 맨 금령이가 꼬물거리며 들어왔다.

나는 얼른 금령이를 받아 들었다.

"다녀왔어?"

"꾸이!"

"이 보따리는 뭐야?"

"꾸이! 꾸이!"

금령이 꼬리를 흔들어 보였다. 서신이 하나 매달려 있었다.

나는 그것을 펼쳐 보았다.

그건 북해빙궁 궁주님께서 보내신 답장이다.

어제 나는 북해빙궁의 궁주님께 서신을 보냈고, 그 서신에 답을 해 주신 것이다.

내가 요청한 것은 두 가지다.

우선 가짜 영약이라고 퇴짜를 맞았던 영약의 실물을 보고 싶다는 것.

두 번째는 제자들을 파견해 달라는 것이다.

제자 파견의 이유는 북해빙궁까지 수월하게 곡식을 운반하기 위함과 누가 되었던 이 일을 주도한 자에 대한 처벌 때문이다.

제자들은 따로 파견하겠다고 하셨고, 영약의 실물은 금령을 통해 보내겠다고 적어 주셨다.

아, 금령이 메고 있는 커다란 보따리가 그거구나.

"꾸이!"

금령이는 슬쩍 뒤로 물러나며 앞발로 바닥을 탁탁 두들겼다.

"꾸이! 꾸이!"

어, 그러니까 보따리가 무거웠으니까 추가로 은자 하나를 더 받아야겠다는 거냐?

에휴.

보내는 건 궁주님이시지만, 금령에게 은자를 주는 사람은 나네.

뭐, 어쩔 수 없지.

요청한 건 나니까.

나는 금령에게 은자 두 개를 내밀었고, 금령은 눈을 초롱초롱 빛내더니 은자를 날름 삼켰다.

그 사이 나는 보따리를 풀어 보았다.

안에는 제법 큰 주머니가 있었고, 주머니 안에는 퇴짜 맞은 영약들이 들어 있었다.

나는 그것들을 살폈다.

음? 이거 진짜 아니야?

하지만 이걸 감정한 자들은 이게 가짜라고 했지?

나는 그것들을 천천히 살폈고 오래지 않아 가짜라는 것을 알 수 있었다.

그나저나 이걸 어떻게 만들었지?

이거 재능 낭비인데?

이걸 돌려받은 북해빙궁의 제자들이 바꿔치기 되었다는 것을 전혀 알아차리지 못한 것도 이해되었다.

그리고 북해빙궁의 제자들은 자신들이 채취한 영약이 진짜라는 것을 확신하기에 당한 것도 있었다.

그때 팔갑이 들어왔다.

"기침하셨습니까요?"

"응. 나는 아까 일어났지."

나는 팔갑에게 가짜 영약들을 내밀며 물었다.

"팔갑아. 이거 진짜 같아, 가짜 같아?"

내 물음에 팔갑이 대답했다.

"가짜입니다요."

"응? 어떻게 알았어?"

생각보다 눈썰미가 좋은데?

내 물음에 팔갑이 대답했다.

"그야, 그게 진짜면 저에게 굳이 그게 진짜인지 가짜인지 물어보실 이유가 없지 않습니까요?"

"……."

허, 흠흠, 생각보다 똑똑하네. 역시 팔갑이다.

그러고 보니 곰이 똑똑하다고 했지.

"그리고 그게 진짜면 금령이 저 녀석이 저렇게 가만히 있겠습니까요? 침 줄줄 흘리면서 탐낼 것 아닙니까요?"

하긴 그렇지.

금령이 가만히 있는 것부터가 이 영약들이 가짜라는 의미다.

"그런데 그건 왜 물으십니까요?"

팔갑의 물음에 나는 그 영약들에 대해서 설명했다.

"그런데 진짜 잘 만들었습니다요. 이게 영약이라면서 저에게 줘도 깜빡 속을 것 같습니다요."

팔갑도 은해상단의 일원이었고, 내 시종이 되기 위해 어릴 적부터 시종 교육을 받았다.

그 교육 중 하나가 영약 및 약재에 대한 교육도 있었다. 우리 은해상단의 주력 품목 중 하나가 약재였으니까.

"빙련실, 설매실, 설삼…… 이거 이 정도면 하루 이틀 공을 들인 게 아닌 듯합니다요."

"나 역시 그렇게 생각해."

궁주님께서 보내 주신 가짜 영약들을 보고 확신했다. 이번 일에는 배후가 있다는 것을.

이렇게 정교한 가짜를 만들 수 있는 자를 고용한다는 것과 감히 북해빙궁을 상대로 이런 짓을 한다는 것만 봐도 확실하다.

복윤 소단주가 빙해린 소궁주를 대하는 것만 봐도 이 요녕에서 북해빙궁의 위명이 무시무시한데 말이지.

협박을 받은 거냐, 아니면 동조한 거냐?

아직은 판단하긴 이르다.

우선 귀매장시의 경매가 열리기 전날 밤인 오늘, 임청밀 상단주의 처소에 잠입해 볼 생각이다.

내 생각이 맞는다면 뭐라도 나올 테니까.

.

.

.

나는 복임길 상단주와 함께 아침을 먹었다.

당연히 복윤 소단주도 참석했고 빙해린 소궁주와 진호 형, 그리고 하철 표두도 함께였다.

전에 듣기로 광준상단은 중요한 손님들과 아침 식사를 같이한다고 했지.

그래서 우리 일행이 아침 식사를 같이한 것이다.

식사 후, 나는 따로 복윤 소단주와 만났다.

"우선, 임청밀 상단주에 대한 자료입니다."

그는 나에게 자료를 내밀었다.

어제 나는 그에게 임청밀 상단주에 대한 자료를 부탁했다.

우리 은해상단의 정보대도 실력이 좋지만, 이 요녕 땅에서 광준상단보다 뛰어날 리는 없으니까.

"상당히 빠르군요."

"그야 당연하죠. 이 이 요녕에서 저희 광준상단의 눈과 귀가 없는 곳은 없으니까요."

"감사합니다. 이 빚은 반드시 갚겠습니다."

"빚이라고 생각하지 마십시오. 저 역시 빚이라고 생각하지 않습니다."

나는 그의 말에 피식 웃었다.

"여기서 열어 봐도 되겠습니까?"

"물론입니다."

나는 봉투를 열었고, 그 안의 종이를 꺼내어 읽어 보았다.

이름은 임청밀.

나이는 올해 오십.

요녕 쪽에서는 제법 유명한 인물로, 자신의 이름을 딴 청밀상단의 상단주다.

그 아버지는 심마니였는데, 약초를 캐다가 절벽에서 추락사했다고.

그래서 홀어머니가 힘들게 키웠고, 그 역시 심마니로 일하다가 우연히 영약을 손에 넣으면서 그 자금으로 약재상을 시작했다.

북해빙궁이 거래를 할 정도면 제법 큰 곳이기도 하고, 또 신뢰할 만한 상인이라는 의미인데…….

그때 나는 다음 정보가 눈에 들어왔다.

[임청밀 상단주는 최근 들어 요녕 상인들의 모임에 참석하는 횟수가 눈에 띄게 줄었음. 중요한 모임에만 참석하고 있음.]

이거 진짜 수상하다.

상인들에게 모임이란 상당히 중요하다. 친목을 도모하면서 동시에 정보를 얻을 수 있는 자리였으니까.

정보는 곧 돈이고 그걸 임청밀 상단주가 모를 리가 없

는데 말이지.

그날 밤.
나는 진유 무사와 함께 복윤 소단주의 집을 나섰다. 오늘 가 봐야 할 곳이 있었기 때문이다.
바로 임청밀 상단주의 집.
그의 수상한 행적에 대한 의문을 풀기 위해서는 잠입해 볼 필요가 있었다.
싸우러 가는 것이 아니기에 잠입에 특화된 진유 무사만 데리고 간 것이다.
임청밀 상단주의 집은 그리 멀지 않았다.
제법 큰 기와집이었는데, 바로 옆에 청밀상단의 본단이 붙어 있는 구조였다.
"갑시다."
"네."
우리는 즉시 발을 굴러 담을 넘었다. 그리고 곧바로 뭔가 수상한 것을 깨달았다.
- 주군, 생각보다 무인들의 수가 많습니다.
진유 무사의 전음에 나는 고개를 끄덕였다.
당연히 규모 있는 상단이라면 이를 지키기 위한 무인들을 보유해야 하겠지만, 그걸 고려해도 너무 과하다.
이 정도면 다른 상단과 전쟁이라도 하겠다는 게 아닌가 싶을 정도였다.
그리고 저들에게서는 일사불란한 모습이 느껴지지 않

았다.

 무림세가나 문파만이 아니라 상단의 호위무사들 역시 체계적으로 훈련받은 티가 나게 마련이다.

 다 같이 조직적으로 움직여야 하니까.

 하지만 저들에게서는 그런 모습이 보이지 않았다.

 뭔가 껄렁해 보이는 것이 마치…….

 낭인?

 간간이 훈련받은 티가 나는 이들이 있긴 했지만, 그들은 묘하게 위축되어 있었다.

 - 집무실에 가 봅시다.

 - 네.

 우리는 임청밀 상단주의 집무실로 향했다.

 다행히 불이 꺼져 있었고, 감시도 그리 삼엄하지 않아서 무사히 잠입할 수 있었다.

 내부는 평범한 집무실 그 자체.

 그때 내 눈에 띈 것이 있었다. 그건 의자 등받이에 남아 있는 흔적이다.

 작은 흔적이었지만, 분명히 날카로운 병기에 의해 난 흔적이다.

 이런 흔적이 왜 여기…… 아! 협박당했구나!

 목에 검을 대었을 때 딱 이 위치에 흔적이 남으니까.

 나는 복윤 소단주가 준, 임청밀에 대한 정보 중 하나를 떠올렸다.

[약 두 달 전, 청밀상단에서 의문의 병장기 소리가 들렸음]

이 상단과 저택은 저들에 의해 점거당한 거다.
이제야 임청밀 상단주가 왜 그리해야 했는지 의문이 풀렸다.
저들은 압도적인 힘으로 상단주를 협박해서 자신들의 뜻에 따르게 한 것이다.
상단주 입장에서는 자신의 목숨이나 가족을 살리려면 그 뜻에 따를 수밖에 없었겠지.
그렇다면 여기서 의문이 하나 더 생긴다.
임청밀 상단주를 협박하여 이런 일을 한 자는 대체 누구인가?
그리고 그 목적이 과연 무엇인가에 대한 의문이다.
집무실에서 건질 수 있는 건 다 건졌다.
뭔가 숨길 만한 비밀스러운 장소가 있음이 보였지만, 구태여 그곳을 살펴보지는 않았다.
저들이 자신을 감시하고 있는 상황에서 비밀금고에 손을 대는 바보는 없으니까.
뭐, 비밀금고를 들켰다고 해도 저들이 탈탈 털었겠지.
우리가 집무실에서 나와 다른 곳으로 이동할 때, 순찰을 위한 것인지 무사들이 다가오는 게 느껴졌다.
우리는 얼른 몸을 숨기고 기척을 죽였다.

"영약들을 판 돈을 좀 떼어 줬으면 좋겠는데 말이지."
"어마어마하게 받을 텐데 말이야."
"내일이 경매라고 했나?"
"정확하게 말하면 오늘 밤이지. 지금 새벽이야."

내 예상대로다.

하긴, 그 영약들은 솔직히 골칫덩어리니 귀매장시에서 처리하는 편이 낫겠지.

그 영약들을 가지고 있다는 건 자신들이 이번 일을 주도한 자들이라는 증거니까.

이야기를 들어 보면 저 영약이 목적은 아닌 것 같군.

그런데 이전 삶에서도 이런 일이 있었나?

곰곰이 생각해 보던 나는 속으로 한숨을 내쉬었다.

하긴, 그땐 흉년에서 살아남기 위해 아등바등하던 때였으니 다른 곳의 사정을 알아볼 틈이 없었다.

다만 기억나는 건 앞으로 몇 년 후 북해빙궁의 궁주가 중원으로 나왔다는 것.

그때 전 무림이 벌벌 떨었기에 분명히 기억하고 있는 사건이다.

당시 북해빙궁 세력은 종횡무진 움직였기에 목적에 대해서는 잘 알려지지 않았지만, 그들이 가는 곳마다 피바람이 불었다는 건 확실했다.

이제야 이유를 알 것 같다.

지난 삶에서도 비슷한 시기에 이 일이 있었던 거겠지.

그래서 빙궁의 상황이 점점 더 곤궁해졌고.

그 말은 사기를 당한 것이 한두 번이 아니라는 건데…….

사냥이나 채집으로 식량 문제를 해결하는 것도 하루 이틀이지, 몇 년은 절대 무리다.

아무튼, 북해빙궁은 절대 바보가 아니다. 자체적으로 조사를 한 결과, 그게 자신들을 노린 누군가의 농간이라는 것을 파악한 거겠지.

그래서 북해빙궁의 궁주님이 직접 나선 거겠지.

하긴, 나 같아도 참지 못했을 테니.

아마 이번 일에 가담한 낭인들이나 그 세력이 복수의 대상이지 않았을까.

그렇다면 이번 일의 목적이 분명해진다.

저들이 이번 일을 벌인 목적은, 북해빙궁을 고사시키기 위함인 것이다.

그나저나 북해빙궁을 상대로 이런 일을 벌이다니!

이런 일이 가능하기 위해서는 그 세력이 커서 그 분노를 감당할 수 있거나, 아니면 자신의 모든 것을 태워 버릴 정도로 깊은 원한이 있어야 했다.

문득 전에 빙해린이 했던 말이 떠올랐다.

"저희 북해빙궁이 생각보다 적이 많답니다. 한 번 강호에 출두하면 피바람을 불러일으키는 만큼 은원관계가 복잡하죠."

"은혜라는 건 오십 년을 가기 힘들어도 원한이라는 건 백 년도 능히 이어 갈 수 있죠."

아직은 이게 원한 때문인지 단순한 세력 다툼을 위한 것인지는 모른다.
하지만 차라리 검으로 목을 베어 죽이면 죽였지, 이런 짓거리는 마음에 들지 않는다.
나는 진유 무사에게 전음을 보냈다.
- 이만 돌아갑시다.
- 네.
.
.
.
날이 밝았다.
오늘은 보름, 귀매장시의 경매가 열리는 날이다.
나는 복윤 소단주를 찾아갔다.
"바쁘신 모양입니다."
"아닙니다."
집무실에서 서류를 살피던 그가 자리에서 일어났다.
"잠시 대화를 나눌 틈은 있습니다."
그는 나에게 자리를 권했고, 나는 집무실 안의 다탁 앞에 앉았다.
그는 직접 차를 우려서 내주었다.
"어쩐 일이십니까?"

"몇 가지 여쭐 게 있어서 왔습니다. 혹시 근래에 요녕에 새롭게 들어온 무리들이 있지 않습니까?"

"음……."

잠시 생각하던 그가 고개를 끄덕였다.

"그러고 보니 한 상단이 요녕에 들어와 자리를 잡기는 했습니다. 딱히 이름을 들어 본 적이 없는 이들이었지요."

"혹시 그 상단의 사람들, 모두 무기를 가지고 있지 않았습니까?"

내 질문에 그는 움찔했다.

"그걸 어찌?"

나는 차분히 대답했다.

"제가 조사한 바에 의하면 상단으로 위장한 낭인들인 듯합니다."

"허어…… 어쩐지. 그들의 행적이 보통의 상인들과는 조금 다르긴 했습니다. 하지만, 얼마 후 청밀상단의 상단주가 도움을 청하기 위해 부른 자들이라고 해서 그러려니 했는데……."

그 역시 일의 전모를 알아차린 듯한 표정이다.

"그래서 말인데, 그 상단을 이끌고 왔던 자에 대해 알 수 있을까요?"

"물론입니다. 안 그래도 전에 알아봤던 자료가 남아 있을 겁니다."

복윤 소단주는 자리에서 일어나 서가로 향했고, 무언가

장치를 조작했다.

그러자 숨겨진 서가가 나타났고, 복윤 소단주는 거기를 찾아보다가 서류 하나를 꺼내 내게 건넸다.

"혹시나 해서 없애지 않아 다행입니다."

"저 서가, 비밀 아닙니까?"

그는 내 물음에 순순히 대답했다.

"비밀 서가 맞습니다. 이런 뒷조사 자료를 보이게 둘 순 없지 않습니까?"

"저걸 저에게 보여 주셔도 됩니까?"

"하하하. 은 소단주가 저걸 안다고 해서 제게 해가 될 것 같지는 않습니다."

나를 향한 두터운 신뢰.

친우라고는 하지만, 나를 이렇게까지 믿어 주니 고마웠다.

"그 신뢰에 보답하겠습니다."

나는 포권하여 감사를 표하고는 그 서류를 읽기 시작했다.

그자의 용모파기와 함께 간단한 정보가 적혀 있었다.

이름은 알려지지 않았고, 성은 초 씨.

나이는 사십 대 정도로, 산서에서 활동하던 상인이라고 한다.

전체적으로 정보는 매우 적었다.

이 정도로 알려진 게 없다면 아마 위장신분일 가능성이 높다.

그때 복윤 소단주가 물었다.
"오늘 밤에 귀매장시에 가실 겁니까?"
"네. 그럴 생각입니다."
"그럼 제가 함께 가도 되겠습니까?"
"그곳에서 구할 것이 있다고는 생각되지 않는데, 저를 위해서입니까?"
내 물음에 그의 눈동자가 흔들렸다.
정답이다.
"감사합니다만, 그건 안 됩니다."
"네? 어째서······."
"그곳은 위험한 곳입니다. 혼인을 앞두고 그런 위험한 곳에 갔다가 무슨 일이라도 당할 수도 있습니다."
그곳 역시 질서가 있다.
그러나 불법적인 상품들이 거래되는 곳이니만큼 심심치 않게 칼부림이 일어난다.
괜히 그런 일에 휘말렸다가 피해를 당할 가능성이 없다고는 할 수 없다.
나는 미소 지으며 부드럽게 말했다.
"이제 복 소단주의 몸은 복 소단주의 것만이 아닙니다."
잠시 생각하던 그는 고개를 끄덕였다.
"은 소단주의 말대로입니다. 앞으로 몸을 많이 사리겠습니다."
"잘 생각하셨습니다."

"그럼 혼자 가시는 겁니까?"

그 물음에 나는 고개를 저었다.

"그럴 리가요. 저에게는 든든한 호위무사들이 있습니다."

.

.

.

한밤중이 되자, 나는 서우 무사와 진유 무사를 대동하고 광준상단을 나섰다.

우리는 새카만 흑복을 입었다.

귀매장시에 출입하기 위해서는 몇 가지 제약이 있었으니, 바로 검은색 옷을 입어야 한다는 거다.

아마도 옷을 통해 신분이 드러나는 것을 막기 위함일 거다.

나는 두 호위무사에게 물었다.

"혹시 귀매장시에 대해 들어 본 적 있으십니까?"

내 물음에 두 무사는 고개를 끄덕였다. 서우 무사가 먼저 대답했다.

"저는 듣기만 했습니다. 전에 표행을 할 때 상단의 인물이 귀매장시를 구경하고 왔다고 하더군요."

뒤를 이어 진유 무사가 대답했다.

"저는 조금 더 조사를 한 적이 있습니다. 예전에 노리던 자가 귀매장시에 참석한다고 해서 그곳에서 일을 할 수 있는지 알아봤습니다. 그리고 그 안에서는 살행이 불

가능하다는 결론을 냈습니다."

이에 서우 무사가 물었다.

"귀매장시 안에서 살행이 불가능하다는 건 무슨 까닭인가?"

"귀매장시를 주최하는 자, 즉, 귀매장시의 주인 때문입니다."

"주인?"

"그렇습니다. 그가 있기에 귀매장시의 질서가 유지될 수 있는 것입니다. 그자는 그만큼 무서운 사람입니다."

진유 무사의 말대로다.

귀매장시는 주인이 있는데 그의 이름은 아무도 모르며 '혈해(血海)'라 불릴 뿐이었다.

그가 검을 들면 피가 바다를 이룬다고 해서 붙여진 명호다.

또한, 어둠 속에서 왕처럼 군림한다고 하여 암왕이라 불렀다.

붙여서 혈해암왕.

무시무시한 명호만큼, 그자의 실력 역시 무시무시하다.

화경에 이른 것으로 추측되었으니까.

그렇게 대단한 인물이 어째서 귀매장시를 열어서 사람들을 모으는지는 알 수 없는 일이다.

나는 두 호위무사에게 말했다.

"오늘 그곳에서는 결코 함부로 검을 뽑아서는 아니 됩

니다."

"알겠습니다."

"명심하겠습니다."

그렇게 일각 정도 더 걷던 나는 발을 멈추었다.

그리고 어둠 속을 바라보며 물었다.

"여긴 어쩐 일이십니까?"

내 물음에 어둠 속에서 한 여인이 나타났다.

난꽃 향과 함께 나타난 그녀는 빙해린 소궁주였다.

"제 짐작대로 혼자 가실 생각이군요."

"……."

그녀는 말을 이었다.

"이는 북해빙궁의 일입니다. 은 소단주에게 맡겨 놓은 채 손 놓고 있을 순 없는 일입니다."

"그래서 함께 가시겠다는 겁니까?"

"네."

하지만 내가 빙해린 소궁주를 데리고 오지 않은 이유가 있었다.

"그곳은 불법적인 일들이 판치는 곳입니다. 그런 것을 보고도 못 본 척할 수 없다면 가지 않는 편이 좋습니다."

그래서 진호 형도 두고 온 거다.

진호 형은 사람이 너무 정의로워서 분명 그걸 보고 참지 못할 테니까.

내 말에 빙해린이 피식 웃었다.

"소단주께서는 저를 너무 바른 사람으로 생각하시네요."

"네?"

"좋아요. 솔직히 말씀드리죠. 전에 연화루에서 봤던 복면인 기억하시나요? 맞아요. 그거 사실 저였어요."

그건 이미 알고 있다.

당사자가 부인하긴 했지만, 난꽃 향을 느낀 사람이 난데.

"그렇게 몰래 건물을 뒤지는 것이 그리 바른 일은 아니지 않나요?"

그 말에 나는 웃음이 나왔다.

"왜 웃으시나요?"

"그냥…… 갓 어른이 된 아이가 술 좀 마시면서 자신도 어른이라고 하는 것 같아서 말입니다."

"네?"

내 말이 좀 직설적이었을지도 모른다.

하지만 그 말밖에는 설명할 방법이 없었다.

"그건 그렇고, 정녕 함께 가셔야겠습니까?"

"네."

그녀는 고개를 끄덕였다. 단호한 눈빛을 보니, 어지간해서는 설득될 것 같지가 않다.

어쩔 수 없네.

"알겠습니다. 대신 조건이 있습니다."

"뭔가요?"

"귀매장시 안에서는 무조건 제 말에 따라 주셔야 합니다."

"약속하죠."

"아뇨. 그 정도로는 안 됩니다."

나는 고개를 저으며 말했다.

"북해빙궁을 걸고 맹세해 주십시오."

"그게…… 무슨 의미인지 알고 그리 말씀하시는 건가요?"

"물론입니다."

북해빙궁의 사람에게 북해빙궁을 걸고 맹세하라는 건, 맹세를 어기면 모든 무공을 포기하겠다는 의미다.

"그만큼 귀매장시는 경거망동해서는 안 되는 곳이기 때문입니다. 어찌하시겠습니까?"

내 물음에 잠시 생각하던 빙해린 소궁주가 고개를 끄덕였다.

"좋아요. 맹세하죠."

"그럼, 갑시다. 그 전에 옷 먼저 갈아입으십시오."

잠시 후.

빙해린 소궁주 역시 흑복으로 갈아입었다.

생각한 시간보다 조금 늦었기에 우리는 분주하게 움직였다.

그리고 한 대문 앞에 도착했다.

숲 입구에 세워진 그 대문 앞에는 도깨비 가면을 쓰고 붉은색 옷을 입은 이들이 문지기처럼 버티고 서 있었다.

그들은 우리를 보며 위압적으로 말했다.

"여기는 인간들이 올 곳이 못 된다."

팔 척이 넘는 우람한 체구의 무인들이 그리 말하니, 간이 작은 이들은 겁을 먹고 물러날 정도.

귀매장시에 들어가기 위해서는 흑복을 입어야 한다는 것 외에도 두 가지 조건이 더 필요했다.

하나는 암어.

"우리 역시 인간이 아니니 상관없지 않소?"

"음, 그런가?"

"그렇다면 그 인간의 얼굴을 가리도록 하게."

두 번째 조건은 바로 가면이다.

귀매장시에 들어가기 위해서는 반드시 도깨비 가면을 써야 했다.

머리까지 푹 뒤집어쓸 수 있는 가면으로, 귀매장시 측에서 제공했다.

물론, 나갈 때 반납해야 했다.

우리를 가면을 받아 쓰고는 대문을 지나 숲속으로 들어갔다.

귀매장시의 진짜 입구로 걸어가며 나는 빙해린 소궁주에게 다시금 당부했다.

"저 안에서 절대로 이 가면을 벗으면 안 됩니다. 이 가면을 벗으면 저곳의 질서를 지키는 자들에 의해 처벌됩니다."

"명심하죠."

서우 무사와 진유 무사 역시 고개를 끄덕였다.

귀매장시(鬼魅場市) 〈243〉

곧 화려한 불빛들이 보였다.

저곳이 바로 귀매장시.

수천 개는 되어 보이는 붉은색 홍등으로 인해 마치 꿈속을 거니는 듯 몽환적인 분위기를 내고 있었다.

오랜만이네.

여기는 이전 생이나 지금이나 달라진 것이 없었다.

도깨비 가면을 쓰고 흑복을 입은 손님들과 붉은색 옷을 입은 혈해암왕의 사병들.

그리고 파란색 옷을 입은 상인들.

귀매장시에서 장사를 하기 위해서는 혈해암왕에게 허가를 받아야 했다.

허가를 받지 않고 장사를 했다가 걸리면 죽는다.

은유적인 것이 아니라, 진짜 죽는다.

그 허가라는 건 판매 대금의 반을 상납하겠다는 서약서다. 대신 무엇을 팔든 전혀 상관하지 않았다.

양옆으로 쭈욱 이어진 상인들의 천막을 구경하며 길을 걸을 때였다.

"저건…… 진짜인가요?"

빙해린 소궁주의 물음에 나는 고개를 돌려 그녀가 가리키는 곳을 보았다.

[각종 독약을 저렴하게 판매합니다]

그 앞에는 독이 담겨 있을 거라 예상되는 병들이 진열되어 있었다.

"네. 진짜일 겁니다."

"저렇게 당당하게 독을 팔아도 되는 건가요?"
"이곳 귀매장시는 그 어떤 걸 팔아도 상관없습니다. 다만 가짜는 취급하지 않습니다. 가짜를 팔다가 걸리면 죽거든요."
"……."
"저 정도에 놀라시는 겁니까?"
아직은 놀라기 이른데 말이지.
우리는 다시 걸음을 옮겼는데, 빙해린 소궁주는 가끔씩 발걸음을 멈추었다.

[상태 좋은 시신 팝니다]
[혈고 알 팝니다]
[화골산, 신선폐, 혈견단 팝니다]
[암살 의뢰받습니다]

전부 불법적인 것들이다.
진호 형을 데리고 오지 않아서 정말 다행이다. 형이 왔으면 기겁했을 테니까.
조금 더 깊숙이 들어가자, 기녀로 보이는 이들이 호객하는 모습이 보였다.
그 차림새가 좀 보기 민망했지만, 가면을 쓰고 있어서 다행이었다.
그나저나 이 시기에 술이라…….
하긴 독약도 파는 곳인데 술이라고 못 팔 건 없지.

이렇게 각종 불법적인 것들이 판치는데 기묘하게 질서가 유지되는 것은…….

"이거 순 날강도네? 이게 은자 다섯 냥이나 한다고?"
"손님, 여기 처음 오셔서 잘 모르시는 것 같은데 여긴 가격이 적힌 그대로 받습니다."
"그딴 게 어디 있어? 은자 석 냥만 받아."
"안 됩니다."
"안 되는 게 어디 있어? 옛다!"
"에휴. 여기 질서를 모르는 놈이 있습니다요!"

그 외침에 붉은색 옷을 입은 이들이 달려왔고, 그자는 흠씬 두들겨 맞고 질질 끌려갔다.
이렇게 이곳의 질서가 잘 유지되는 건 저들 때문이다.
"여기는 흥정이 안 되는 겁니까?"
서우 무사의 물음에 나는 고개를 끄덕였다.
"네. 이곳의 법칙입니다. 적힌 그대로의 가격만 받습니다. 그렇다고 폭리를 취할 수는 없습니다. 말도 안 되는 가격이면 가격표에 적기도 전에 이곳의 주인에게 혼쭐이 날 겁니다."
"그렇군요."
나는 뭔가 입맛이 썼다.
황제에게 감찰어사의 직을 받은 자가 이렇게 불법적인 것을 보고 눈을 감아야 한다니 말이지.

하지만, 지금 내가 나선다는 건 타초경사의 우다.

불법적인 것은 아무리 말살하려고 한다고 해도 기어코 살아남는 법.

그것도 더욱더 음지로 들어가겠지. 그러니 지금 이 정도가 딱 좋다.

그때 북소리가 울려 퍼졌다.

둥둥둥!

그리고 누군가 큰 소리로 외쳤다.

"앞으로 일각 후 경매가 시작됩니다! 참가를 원하는 분들은 중앙 마당으로 오시면 됩니다."

나는 내 일행에게 말했다.

"갑시다."

곧 우리는 중앙 마당에 도착했다. 그리고 사병으로 보이는 자가 우리에게 번호가 쓰인 깃발을 하나씩 나누어 주었다.

내가 받은 깃발의 숫자는 육십이.

주변을 둘러보니 제법 많은 이들이 중앙 마당에 모여 있었다.

"오래 기다리셨습니다!"

그때 도깨비 가면을 쓴 한 남자가 단상 위에 올라왔다.

"오늘도 아주 좋은 상품들을 준비했습니다. 그럼 길게 끌지 않고 바로 시작하겠습니다."

그가 손짓을 하자, 한 남자가 작은 바퀴가 달린 수레를 끌고 왔다.

"이 상품으로 말할 것 같으면, 천잠사로 만든……."
"오! 천잠사라니!"
주변이 웅성거렸다.
나도 순간 혹했지만, 이미 황제 폐하께 받은 천잠사가 있기에 나서지 않았다.
"은자 백 냥부터 시작합니다."
"오 번! 은자 백서른 냥!"
"칠십 번! 은자 백오십 냥!"
결국 그 천잠사는 은자 이백 냥에 팔렸다.
그렇게 몇 개의 상품들이 지나가고…….
"다음 물건은, 북해에서만 구할 수 있는 영약인 빙련실입니다. 아시는 분은 아시겠지만, 열화공에 당한 상처에는 이게 최고죠. 또한 음기의 무공을 익힌 자의 내공을 무려 한 갑자나 올려줍니다!"
그때 빙해린 소궁주의 몸이 떨렸다.
"왜 그러십니까?"
"저거…… 이번에 저희 쪽에서 넘긴 물건이 틀림없어요."
"저게 그 영약이라는 증거, 혹시 있습니까?"
"저 빙련실의 색이 아직 완전히 투명해지지 않았잖아요. 그건 아직 수확한 지 한 달이 넘지 않았다는 의미예요."
나 역시 알고 있는 사실이다.
혹시나 해서 물어본 것뿐, 나 역시 저 빙련실의 출처가 북해빙궁이라는 것을 알아차리고 있었다.

"은자 오백 냥부터 시작합니다."

사람들은 빙련실을 손에 넣기 위해 앞다투어 가격을 부르고 있었다.

나 역시 내가 생각한 일을 위해서라도 저걸 손에 넣어야 했다.

"은자 삼천 냥! 은자 삼천 냥! 더 없습니까?"

나는 깃발을 들며 외쳤다.

"육십이 번! 은자 삼천오백 냥."

"네, 은자 삼천오백 냥 나왔습니다!"

그러자 은자 삼천 냥을 불렀던 자가 크게 외쳤다.

"은자 사천 냥!"

나는 다시 깃발을 들며 외쳤다.

"육십이 번! 은자 오천 냥!"

"네, 은자 오천 냥! 은자 오천 냥! 더 없습니까?"

가격이 오천 냥까지 올라가자, 나와 경쟁했던 이는 말을 잇지 못하고 고개를 떨구었다.

"낙찰되었습니다!"

이에 빙해린이 놀란 눈으로 말했다.

"저, 저희 일을 위해서라고 하시지만…… 은자 오천 냥이라니요…… 이렇게까지 하지 않으셔도."

하긴, 은자 오천 냥은 빙해린 소궁주에게도 큰 금액이니까.

나는 그냥 웃었다. 이게 끝이 아니니까.

"다음 품목 역시 영약입니다. 이건 설삼으로 은자 오십 냥부터 시작합니다."

"육십이 번! 은자 백 냥!"

"사십일 번! 은자 이백 냥!"

"육십이 번! 은자 삼백 냥!"

"……."

그렇게 설삼도 은자 삼백 냥에 내가 낙찰받았고, 다음으로 나온 설매실 역시 내가 은자 삼천 냥에 낙찰받았다.

이쯤 되자, 빙해린 소궁주의 눈동자는 어찌할 바를 모르고 있었다.

가면을 쓰고 있었지만, 그 표정이 환히 보였다.

그 뒤로 빙루매와 상엽초까지 구매했다.

내가 이번 경매에서 사용한 금액은 거의 은자 만 냥.

음, 빙해린 소궁주가 저런 반응인 것도 좀 이해가 가긴 하네.

정작 내 호위무사들은 덤덤한데 말이지.

그렇게 경매가 끝나고, 붉은색 옷을 입은 자가 나에게 다가왔다.

"오셔서 상품을 수령하시면 됩니다. 그리고 아시다시피 지금 지불할 돈이 없다면……."

"그건 걱정하지 않으셔도 됩니다. 전표를 넉넉히 가져왔으니까요."

"그럼 모시겠습니다."

우리는 그를 따라 한 건물로 들어갔다.

경매에 출품하는 물건들을 관리하기 위한 건물로 보였다.

그래서 그런지 보안도 매우 철저했다.

안내받은 곳에서 잠시 기다리고 있자, 붉은 옷을 입은 자가 상자 하나를 들고 방으로 들어왔다.

"오래 기다리게 해서 송구합니다."

"아닙니다."

"여기 오늘 손님께서 낙찰받으신 것들입니다."

나는 상자를 열었다.

빙련실과 설삼, 설매실, 빙루매, 상엽초.

총 다섯 종류의 영약들이다.

그럼 이제부터 금령이 활약할 차례이다.

나는 영약들을 살피는 척 두 손을 상자 안으로 집어넣었다.

그리고 금령에게 전음을 보냈다.

- 금령아. 이 영약들 보관해 줄 수 있지?

- 꾸이?

보관만 해야 하느냐는 물음. 먹고 싶다는 뜻이겠지.

- 나중에 은원보 하나 줄게.

- 꾸이!

금령은 영약도 비싼 거니 좋아하지만, 가장 좋아하는 건 돈이다.

금령은 소매에서 고개만 내민 채, 순식간에 영약들을 삼켰다.

저번에 알게 된 능력인데, 금령은 뱃속에 돈이나 영약을 보관할 수 있었다.

비싼 것만 보관할 수 있다는 단점이 있지만 말이지.

그걸 보면 금령이 영물은 영물인 모양이다.

금령이 영약을 삼키는 것을 확인한 나는 다른 쪽 소매에 넣어 두었던 가짜 영약들을 꺼냈다.

그러고는 물건을 살피는 척하다가 이내 심각한 표정을 지었다.

옆에서 그걸 보고 있었지만, 이미 언질을 받은 서우 무사가 조심스레 물었다.

"왜 그러십니까? 주군."

"무슨 문제라도 생긴 겁니까?"

뒤이어 진유 무사가 물었다.

나는 한숨을 내쉬며 고개를 젓고는 상자를 가져온 자에게 물었다.

"이 물건들, 이곳의 주인의 이름을 걸고 진품이라는 것을 보장할 수 있는 겁니까?"

"물론입니다."

그는 자신 있게 대답했다.

"이는 모두 진품입니다."

"그런데 어째서 지금 제가 받은 물건들은, 가품인겁니까?"

"네? 가짜라니! 그럴 리가 없습니다."

"저도 믿기지 않습니다. 이 귀매장시의 위명은 익히 들었습니다. 절대 가짜는 거래하지 않는다고 말입니다. 그런데 어째서…… 후."

나는 왜 가품이라고 생각한 것인지 자세히 설명했다.

"혹시 제 말이 믿기지 않으면 감정사를 불러서 감정을 해 보십시오."

그는 불신 가득한 표정으로 감정사를 불렀다.

결과는 당연한 거 아닌가?

그 감정사는 영약들을 감정하며 당황했다.

"분명 이걸 감정했을 땐 진짜였는데?"

"감정할 땐 진짜를 내놓고, 정작 상품을 제출할 땐 가짜를 내놓은 거겠지."

"그, 그런!"

"당장 주인께 알려!"

그 대화를 들으며 나는 회심의 미소를 지었다.

이로써 영약을 넘긴 자는 꽤나 곤란해질 거다.

그럼 슬슬 다음 단계로 가 볼까?

.

.

.

곧 경매장의 책임자가 왔고 나는 그에게 물었다.

"그래서, 진짜 영약들은 오늘 받을 수 있는 겁니까?"

"송구하지만, 무슨 일인지 좀 더 확실하게 알아봐야 할 것 같습니다."

"그렇군요."

"저, 혹시라도 불미스러운 일을 막기 위해 몸수색을 해 봐도 되겠습니까?"

여기서 몸수색을 거부한다면, 분명 수상하게 생각하겠지.

나는 자리에서 일어나며 말했다.

"오해를 풀기 위해서라면 그 정도는 감수해야죠. 그런데 우리 모두 몸수색을 받아야 합니까?"

"그렇습니다. 상황이 상황인지라……."

"그렇다면 이쪽은 여인인 만큼 같은 여인이 몸수색하도록 해 주십시오."

"알겠습니다."

곧 붉은색 옷을 입은 여인이 들어왔고, 우리는 각각 몸수색을 받았다.

당연히 우리 몸에서는 아무것도 나오지 않았다.

금령은 미리 다른 곳으로 피하도록 했고.

그렇게 몸수색을 마치고 나는 경매장의 책임자에게 물었다.

"이제 오해는 풀렸습니까?"

"네. 대단히 죄송했습니다."

"사실 저희는 늦어도 내일모레쯤 이곳을 떠나야 하는 사정이 있습니다. 그 안에 물건을 받을 수 있겠습니까?"

"되도록 만들겠습니다. 이틀 후 이 근처의 영령객잔의 삼 층에 파란색 끈을 매달아 놓겠습니다. 그걸 보시면 그곳으로 찾아오시면 됩니다."

"그럼 연락 기다리겠습니다."

우리는 자리에서 일어나 건물을 나왔다.

그러곤 상인들의 천막을 둘러보며 귀매장시의 출구로 향했다. 이곳에서 볼일은 마쳤으니까.

그때 누군가가 외치는 소리가 들렸다.

"제발 부탁입니다! 이 검을 저에게 파십시오!"

그 소리에 뒤를 돌아보니, 병장기를 파는 상점의 천막 앞에서 한 남자가 고개를 조아리고 있었다.

"모자란 돈은 제가 훗날 어떻게든 갚을 터이니……."

"네놈이 누군지 알고 이걸 반값에 넘겨?"

"저, 저는 그러니까……. 아무튼, 제발 부탁드립니다."

가만 보니 한 남자가 매대 위에 있는 검을 두고 상인과 실랑이를 하는 중이었다.

판매 가격을 보니 은자 천 냥이다.

상당히 비싼 금액.

그래서 반만 지불하고 남은 금액은 외상으로 하려고 하는 모양이다.

저 검에 무슨 사연이라도 있나?

외양이나 행동거지를 봐서는 평범한 무인이 아닌 듯했다. 자신의 정체를 선뜻 밝히지 못하는 것도 그렇고.

그는 다시금 간절히 부탁했다.

"이 검을 손에 넣지 못하면 저는 죽습니다."

"사정은 딱하지만, 이곳의 법칙이네. 그리고 우리 역시 판매 대금의 상당한 비율을 이곳의 주인에게 넘겨야 하는 만큼 자네 사정을 봐줄 수는 없다네."

어투는 부드러웠지만, 눈은 차가웠다.

"제발 부탁드립니다."

그의 앞에 엎드렸지만, 여전히 상인은 냉담했다.

하긴, 저 정도 마음가짐 없이는 이곳에서 장사 못 하지.

이 정도까지 이야기를 들어 준 것만 해도 좋은 상인이다.

그런데 대체 저 검이 뭐기에 저자가 저렇게까지 애걸복걸하는 건지 궁금해졌다.

나는 그 검 쪽으로 다가가 자세히 살펴보았다.

느껴지는 기운이나 재질을 보아하니 상당한 보검.

그런데 대체 이 남자는 누구이기에······.

내가 그런 생각을 하며 고개를 돌렸을 때, 남자의 윗옷이 위로 올라가며 등의 흉터가 드러났다.

"······!"

갈 지(之)자의 저 흉터는······.

나는 내 눈을 의심하며 눈을 비볐지만, 분명히 그 흉터였다.

내 이전 삶에서 모용세가는 무림맹에 충성하는 세가였다. 무림맹이 추진하는 일에 적극적으로 나선 것을 보면 확실하다.

하지만 처음부터 그랬던 건 아니었다.

새로운 가주가 등극한 후, 그런 행보를 보였으니까.

그 가주는 전 가주의 첫째 아들이 아니라 셋째 아들이었다.

웬만하면 장남, 혹은 차남이 이어받을 테지만 그들에게 일이 생기면서 셋째 아들이 가주가 된 것이다.

장남은 차기 가주로서 손색이 없었지만, 불미스러운 일로 소가주 직에서 쫓겨났다고 들었다.

그리고 나는 그 장남을 잘 알았다.

이전 삶에서 요녕 땅을 지나던 중 녹림을 만났는데, 그의 도움을 받았거든.

그의 이름은 모용태걸.

소가주 직에서 쫓겨나 세가의 무력대를 맡아 활동하고 있었다.

그 인연으로 그와는 꽤 친해졌다.

요녕 땅에 들를 때마다 술도 마시고, 여름에는 강에 들어가서 등목도 하고…….

그때 저 상처를 봤다.

연유를 물으니, 어릴 적에 왈패들과 싸우다가 생긴 상처라고 했다.

워낙 특이한 상처였기에 잊지 않은 것이다.

도깨비 가면을 쓰고 있기에 얼굴은 보이지 않았지만, 내가 기억하는 그가 맞을 것이다.

그는 무림맹의 뜻에 따라 이리저리 휘둘리는 모용세가를 보며 안타까워했었다.

"내가 이리 말해도 무슨 소용이 있겠습니까? 이미 이 세가의 가주는…… 그 녀석인데."

"……."

"정말 속상합니다. 그 검만 잃어버리지 않았어도! 그랬어도 소가주의 자리에서 밀려나지 않았을 겁니다!"

"무슨 검을 말하는 겁니까?"

"조부님께서 가문 대대로 내려오는 신물이라면서 주신 검입니다. 오직 본가의 핏줄의 손에서만 진정한 모습이 드러나는 검이었죠. 그런데…… 어느 날 사라졌습니다."

"사라졌다고요?"

"네. 그리고 저는 그 검을 찾기 위해 애를 썼지만 결국은…… 찾지 못했습니다. 그리고 조부님과 중진들의 신뢰를 잃은 저는…… 소가주의 자리에서 강제로 내려오게 되었습니다."

그렇다면 저 검이 바로 모용태걸 소가주가 잃어버린 검일 터.

저 검의 행방을 수소문하다가 용케 이 검이 여기에 있다는 것을 알고 찾아온 것.

하지만 은자 천 냥이라는 거금이 그 검을 되찾지 못하게 막고 있는 것이다.

이전 삶에서 나는 궁금했었다.

셋째 모용성걸이 아닌 모용태걸 소가주가 가주가 되었다면 과연 모용세가는 어떤 행보를 보였을지 말이다.

그리고 그걸 떠나서, 전에 받은 은혜를 이렇게 갚을 기회가 왔다는 것이 기뻤다.

나는 그와 상인 쪽으로 다가갔다.

"이 검, 은자 천 냥 맞습니까?"

내 물음에 그 검을 팔던 상인이 고개를 끄덕였다.

"아, 네. 맞습니다."

나는 주머니에서 은자 백 냥짜리 무기명 전표 열 장을 꺼내어 내밀었다.

전표에는 두 가지가 있다.

기명 전표와 무기명 전표.

기명 전표는 전표에 적혀 있는 자의 돈을 대신 찾아서 주는 것이며, 무기명 전표는 이미 그걸 발급할 때 전표의 금액을 전장에 치렀기에 전표만 가져다주면 전장에서 돈을 주는 형식이다.

당연히 이곳에 가지고 온 전표는 무기명 전표다.

내 신분이 드러나게 할 순 없으니까.

그리고 이런 곳에서는 보통 무기명 전표를 사용하지.

"확인해 보십시오."

그 상인은 전표를 확인하고는 고개를 끄덕였다.

"진짜 전표가 맞습니다."

"그럼 이제 이 검은 제 겁니까?"

"물론입니다. 거래 감사합니다."

그렇게 거래가 끝나 버리자, 그 검을 사기 위해 애원하던 청년, 모용태걸은 당황한 듯 손을 휘저었다.

"어, 저, 저기, 이러시면 안 됩니다."

"뭐가 말입니까?"

"아직 저와 상인 사이에 거래가 끝나지 않은 상황입니다."

그러자 상인이 서늘하게 쏘아붙였다.

"거래는 무슨, 이 귀매장시의 법칙은 누구든 돈을 먼저 주는 사람이 임자다 이거요!"

"그런……."

망연자실한 목소리.

나는 피식 웃으며 그에게 검을 건넸다.

"받으십시오."

"……네?"

"이제 이건 당신 겁니다."

나는 말을 이었다.

"그냥, 당신에게 선물하고 싶어서 샀습니다. 그러니 어서 받으십시오."

얼떨떨해하는 눈빛.

낯익은 눈매에 나는 미소 지었다.

"다시는 잃어버리지 마십시오."

나는 그에게 검을 강제로 안겨 주고는, 미련 없이 뒤돌아 발걸음을 옮겼다.

"다, 당신은 누구십니까?"

"이곳에서 그걸 묻는 건 예의가 아닙니다."

"하지만……."

"그냥 도깨비에 홀린 거라 생각하십시오."

그 말만을 남기고는 귀매장시를 나와 가면을 반납했다.

그리고 빠른 속도로 움직였다.

미행하는 자들의 기운이 느껴졌기 때문이다.

하여 속도를 최대한으로 올리고, 동선도 꼬아 가며 요녕 땅을 질주했다.

그렇게 일각 정도 달리니, 우리를 놓친 것인지 더 이상의 기척이 느껴지지 않았다.

나는 빙해린 소궁주에게 말했다.

"용케 잘 참으셨군요."

"제 행동에 빙궁의 미래가 달려 있으니까요."

"좋은 자세입니다. 그러니 그 자세로 일 하나만 합시다."

"무슨 일을…… 말씀인가요?"

나는 씨익 웃으며 말을 이었다.

"돌아가서 말씀드리지요."

잠시 후, 우리는 광준상단으로 돌아왔다.

나는 내 처소에 들렀다가 다시 빙해린 소단주의 처소로 향했다.

"우선 받으십시오."

"……?"

그녀는 고개를 갸웃하며 바구니를 받아 뚜껑을 열었다.

"……!"

그녀는 깜짝 놀란 표정으로 나를 보았다.

"어머! 이, 이건……."

"맞습니다. 북해빙궁에서 사기당한 그 영약들입니다."

"하지만 아까는 분명 그것들이 가짜였다고……."

나는 그 말에 대답하지 않고 다른 말을 꺼냈다.

"저는 이걸 북해빙궁의 소단주인 그쪽이 이걸 팔기 위해 가지고 왔다는 소문을 낼 겁니다. 내일이면 북해빙궁의 제자들이 도착할 터이니 소문에 날개를 달아 줄 겁니다."

제자들이 오고 있음은 이미 빙해린 소궁주도 알고 있는 사안이다.

"분명 소궁주께 접근하는 자가 있을 겁니다."

"……그자가 이번 일을 저지른 범인인가요?"

"높은 확률로 그렇습니다."

진짜를 구해서 가져다주지 않는 이상, 그는 귀매장시의 주인의 손아귀에서 벗어날 수 없으니까.

* * *

임청밀 상단주의 저택 옆에 있는 제법 큰 집.

그 집의 주인은 초석이라는 자로, 그는 언제든지 이곳을 떠날 준비를 하고 있었다.

그 준비 중 하나가 바로 그가 손에 넣은 북해빙궁의 영약들을 귀매장시의 경매를 통해 팔아넘기는 것.

그는 북해빙궁을 증오했다.

북해빙궁 때문에 떵떵거리며 살던 자신의 가문이 몰락했으니까.

그렇게 복수를 꿈꾸며 살아오던 중, 좋은 기회를 얻었다.

그에게 접근한 누군가가, 복수할 수 있는 방법을 알려준 것.

"북해빙궁은 그 영약을 팔아 식량을 마련합니다. 그런데 지금은 흉년으로 인해 쉽게 식량을 구하기 힘든 실정이지요. 만약 북해빙궁에서 팔기 위해 가지고 온 영약들이 가짜라면, 일이 재밌어지지 않겠습니까?"

"그 북해빙궁이 배를 곯는다니! 흐흐흐. 듣기만 해도 아주 즐겁군요."

"그 정도의 일이라면 지금 귀하가 가지고 있는 재산으로도 충분히 실행 가능합니다."

가문이 몰락했어도 아직은 부자 축에 들었으니까.

그는 자세한 방법을 알려 주었다.

"……그렇게 빼돌린 영약들은 요녕의 귀매장시에 넘기면 됩니다. 수수료로 좀 많은 돈을 떼긴 하지만, 그것만으로도 충분할 겁니다."

"그렇겠군요. 그런데 왜 이런 방법을 저에게 알려 주시는 겁니까?"

"저 역시 북해빙궁이 마음에 들지 않기 때문이죠."

그는 즉시 의문의 남자가 알려 준 방법대로 실행하였고, 북해빙궁으로 들어가는 수레를 관찰하며 그자의 말이 맞았음을 알아차렸다.
빙궁으로 향하는 물자의 양이 확연히 줄었으니까.
아무튼, 언제든지 뜰 준비를 하고 있으라는 말에 그는 어제 열리는 귀매장시의 경매에 영약들을 넘겼다.

아침이 되었고, 귀매장시의 경매 책임자가 그의 처소를 방문했다.
"하하하! 어서 오십시오!"
판매 대금을 가지고 온 것이 분명했기에 그는 웃으며 그들을 맞이했다.
"어서 안으로 들어오십시오."
그는 그들을 접빈실로 안내했다.
"차 드시겠습니까?"
"아니. 차는 내올 필요 없네."
이전에는 사근사근 높임말을 써 주던 그였지만, 오늘은 그 분위기가 완전히 달랐다.
경매 책임자는 뒤를 보았고, 이에 뒤따르던 무사 중 하나가 상자를 내밀었다.
"확인해 보게."
초석은 그 상자 안의 내용물을 보았다.

그 안에는 판매 대금이 아닌, 영약이 들어 있었다.

하지만 자신이 넘긴 진짜 영약이 아닌, 가짜 영약이었다.

그걸 한눈에 알아볼 수 있는 건, 자신에게 그들이 제공해 준 가짜 영약과 진짜를 헷갈릴 가능성을 차단하기 위해 자신만 아는 표식을 해 놨기 때문이다.

'아니, 이것들이 왜 여기에……'

그는 식은땀이 흘렀다.

자신은 분명 진짜를 넘겼는데, 갑자기 자신에게 가짜를 가져왔으니까.

그 가짜 영약이 돌고 돌아 자신에게 돌아오다니!

"영약을 감정하는 방법을 배운 적이 있나 보군."

"저는 영약에 대해 잘 모릅니다. 하하하. 그 영약들도 우연히 손에 들어온 영약……"

"그런데 가짜라는 것을 그리 금방 알아차리다니, 놀랍군."

"……!"

그는 눈을 부릅뜨고 말았다.

외통수다.

"좋은 말 할 때 빼돌린 진짜 영약을 내놓게나."

"그게 무슨 말씀입니까? 진짜 영약이라니요? 저는 분명 진짜 영약을 넘겼지 이 가짜 영약들을 넘기지 않았습니다!"

"이것들이 가짜라는 것을 알아차렸다는 건, 자네가 우

리를 속였다는 증거지."

"……."

"좋은 말로는 안 되겠군."

그 말에 책임자 뒤에 있던 무사들이 그의 양팔을 잡아 제압했다.

그리고 경매 책임자는 그의 혈도를 건드렸다.

"!"

분골착근의 엄청난 고통에도 아혈까지 점해진 초석은 비명도 지르지 못했다.

"헉, 헉헉……."

마치 십 년처럼 길었던 반 각이 지났고, 경매 책임자가 아혈을 풀어 주며 말했다.

"이건 경고네. 그럼 오늘 저녁에 다시 오겠네."

그리고 그들은 접빈실을 나갔다.

초석은 눈앞이 캄캄해졌고, 그 자리에 털썩 주저앉고 말았다.

어떻게든 진짜 영약을 구하지 않으면…….

그는 서둘러 북해빙궁에 복수하는 방법을 알려 준 자에게 연락을 취했다.

지금 그자도 요녕에 있다고 했으니까.

그런데…….

"저, 그런 자는 없다고 합니다."

돌아온 무사의 말에 초석은 당황했다.

"뭐? 그, 그런 사람이 없어?"

"네."

분명 무슨 일이 생기면 그곳으로 연락하라고 해서 연락을 했건만…….

돌아온 건 날벼락 같은 소식이다.

그 말은 즉, 자신의 몸은 자신이 지켜야 한다는 의미.

"……지금 즉시 빙련실과 설삼, 설매실, 빙루매, 상엽초를 구할 수 있는지 알아보도록 해라."

"네? 그것들은 왜?"

"알아보라고 하면 알아봐! 돈 받은 만큼 일하라고!"

"네네, 그러죠."

그가 고용한 낭인들은 요녕 곳곳으로 흩어져 수소문을 시작했다.

다행히도 요녕은 북해와 가까운 만큼 그런 음기의 영약들을 구할 가능성이 높은 편이었다.

그리고 그날 점심쯤, 좋은 소식이 전해졌다.

"마침 북해빙궁의 소궁주가 그 영약들을 가지고 요녕에 왔다고 합니다요."

그는 안도의 한숨과 동시에 미간을 찌푸렸다.

하필 그가 증오하는 북해빙궁, 그곳의 소궁주를 만나야 한다니.

하지만 그 증오보다 더 중요한 게 자신의 목숨이다.

지금 생각해도 아까 당했던 분골착근의 고통은 식은땀이 흐를 정도였으니까.

그런 상황에도 도주는 꿈도 꾸지 못하는 건 그 역시 귀매장시의 악명을 익히 들었기 때문이다.

"지금 당장 소궁주 그년에게 연락해. 그 영약들, 내가 사겠다고."

* * *

빙해린 소궁주는 내 계획에 의해 조용히 인근 객잔으로 처소를 옮겼다.

이 계획의 성사를 위해서는 그녀가 광준상단에 머무르고 있다는 게 알려지지 않는 게 좋기 때문이다.

그렇게 객잔에서 아침을 먹고 있는 사이, 무복을 입은 한 무리가 도착했다.

바로 이번에 호출한 북해빙궁의 제자들.

"소궁주님을 뵙습니다!"

그녀들은 빙해린 소궁주를 보자 얼른 포권하여 예를 갖추었다.

"식사는 했습니까?"

"오다가 건량을 좀 먹었습니다. 다행히 아직 건량이 조금 남아 있어서……."

그녀들의 안색은 하나같이 핼쑥했는데, 북해빙궁의 물자 부족을 여실히 느끼게 했다.

나는 그녀들에게 말했다.

"건량으로 되겠습니까? 제대로 된 식사를 해야지 않겠습니까?"

나는 그녀들을 위해 따스한 죽을 주문했다.

"하, 하지만……."

"어찌 저희만……."

배를 곯고 있는 북해빙궁의 이들을 두고 어찌 자신들만 맛있는 것을 먹겠냐는 듯.

"저희 일을 방해하고 싶은 것이 아니라면, 꼭 드셔야 합니다."

"네?"

"본 궁의 상황을 적에게 알릴 셈입니까?"

빙해린의 말에 그녀들은 뭔가 깨달은 듯 고개를 끄덕였다.

"알겠습니다."

"명에 따르겠습니다."

마음 같아서는 고기를 푸짐하게 먹이고 싶지만, 저렇게 배를 곯고 있는 상황에서 기름진 것을 먹었다가는 십중팔구 탈이 난다.

그래서는 안 되니, 죽을 주문한 것이다.

그리고 빙궁 사람들을 위해 객잔을 전세 내기로 했다.

마침 손님들도 몇 없었기에 그들에게 양해를 구했다.

객잔비의 두 배를 주자, 그들은 흔쾌히 인근 객잔으로 옮겨 갔다.

그녀들을 쉬게 하고, 나는 객잔 일 층에서 차를 마시며 기다렸다.

그때 팔갑이 객잔으로 들어왔다.

"도련님, 언제 출발할 거냐고 둘째 소단주님께서 여쭤보십니다요."

"아, 이틀 안으로 출발할 거야."

진호 형은 장모님이나 형수님의 이모들이 걱정되서 몸이 달아 있을 거다.

하지만 이번 일은 그보다 더 중요했다.

아직은 배를 조금 곯는 정도지만, 이걸 막아 내지 못한다면 북해빙궁은 그대로 아사하고 말 테니까.

그날 오후.

빙해린 소궁주가 묵고 있는 객잔에 한 무사가 방문했다.

"제가 모시고 있는 분께서 그 영약들을 구입하시겠다고 합니다."

이에 빙해린은 내가 언질한 대로 대답했다.

"그럼 오늘 저녁, 이곳으로 직접 오라고 하세요."

"알겠습니다."

대어가 미끼를 물었다.

그가 돌아가고, 내가 빙해린에게 다가가자 그녀가 물었다.

"저자가 북해빙궁을 상대로 일을 꾸민 자의 부하인가요?"

"단순한 낭인입니다."

"그런가요?"

"제가 말씀드린 거 기억하시죠? 거래하러 오면 위압감을 팍팍 풍겨 주시면 감사하겠습니다."
"아, 그건 어렵지 않아요."
그녀는 웃으며 말했다.
"안 그래도 지금 본 궁에 그런 짓을 한 작자를 찢어 죽이고 싶으니까요."

날이 저물었다.
그리고 제법 잘 차려입은 한 남자가 무사들과 함께 객잔에 방문했다.
"영약을 거래하러 왔소이다."
그 말에 북해빙궁의 제자 중 하나가 그에게 말했다.
"이쪽으로 오시지요. 소궁주님께서 오실 겁니다."
그는 객잔 일 층의 식탁 중 한 곳에 앉았다. 나는 멀리서 숨어 그 모습을 지켜보고 있었다.
복윤 소단주가 준 용모파기가 제법 정확하네.
저자가 바로 이번 일을 주도한 자다.
그런데…… 어째서 저자에게서 흑도의 기운이 느껴지는 거지?
무공을 익힌 것 같지는 않은데.
잠시 고민해 보니 그럴 만한 이유가 떠올랐다.
저자의 뒤에는 저자를 지원한 누군가가 또 있는 거다. 그러니까 가짜 영약을 손에 넣을 수 있었겠지.
그리고 지금 느껴지는 기운은 그자에게서 묻은 기운일

거고.

그럼 북해빙궁을 고사시키려 했던 이 일은 그 누군가에 의해 의도된 일임이 확실하네.

초씨라고 했던 그자의 심기가 점점 불편해지고 있음이 얼굴에 드러났다.

그도 그럴 것이 기다린 지 벌써 일각이 넘었지만, 빙해린 소궁주는 나타나지 않고 있으니까.

내가 시킨 거다.

누가 위에 있는지를 확실하게 알려 주기 위함이다.

한 식경 후 그제야 빙해린 소궁주가 계단을 통해 내려왔다.

그리고 그에게 다가왔다.

"당신인가요? 영약들을 사겠다는 자가?"

"험험, 그렇소. 그런데 이거 예의가 없는 것 아니오? 어찌 이리 손님을 기다리게 하는 것이오?"

순간, 객잔의 온도가 급격히 낮아졌다.

"손님이요?"

"……."

"그쪽은 영약을 사러 온 사람이지, 손님은 아니지 않나요?"

"하, 하지만……."

"그리고 우리 북해빙궁이 누군가를 기다리는 법은 없습니다."

오만한 말이지만, 맞는 말이다.

단일 세력으로는 전 무림에서도 손꼽히는 곳이 북해빙궁이니까.

그런 곳이 식량 때문에 곤란을 겪었다는 것이 역설적이지만 말이다.

"아, 알겠소. 미안하오. 험험."

그녀의 기세에 그는 덜덜 떨며 결국 꼬리를 말았다.

본전도 찾지 못할 말을 왜 했는지 모르겠네.

빙해린 소궁주가 말했다.

"제가 준비한 영약은 빙련실과 설삼, 설매실, 빙루매, 상엽초입니다. 빙련실부터 시작할까요?"

나는 그녀에게 전음을 보냈다.

– 은자 육천 냥을 부르십시오.

내 전음에 그녀가 말했다.

"은자 육천 냥."

"헉! 그, 그렇게 비쌉니까?"

"싫으면 관두시면 됩니다. 찾는 사람은 그대 말고도 많으니."

"아, 아니, 그게……."

이제 슬슬 내가 등장할 때다.

나는 슬쩍 밖으로 나갔고, 막 달려온 듯 문을 박차고 들어왔다.

"헉, 헉헉, 여기 영약이 있다고 들었습니다."

이에 한 제자가 자연스럽게 나를 맞았다.

"거래를 하시겠다고 연락을 주신 분이군요."

"네. 그렇습니다."

"잠시만 기다려 주십시오. 지금 다른 분이 거래를 하고 계셔서……."

이에 내가 물었다.

"지금 가지고 계신 영약들은 어떤 종류가 있습니까?"

"빙련실과 설삼, 설매실, 빙루매, 상엽초입니다."

나는 눈을 빛내며 외쳤다.

"그것들 전부, 제가 은자 이만 냥에 사겠습니다!"

내 말에 빙해린 소궁주가 미소 지으며 말했다.

"이만 냥에 말입니까?"

"네. 그 정도 가치는 충분하니까요."

빙해린 소궁주가 초씨를 보며 물었다.

"이분께서 은자 이만 냥에 모두 사겠다고 하시는데, 어찌하시겠습니까?"

그는 입술을 깨물었다가, 내게 트집을 잡았다.

"어찌 예의 없이 다른 사람의 거래에 끼어드는 건가?"

"진짜 예의 없는 건 판매하시는 분이 더 높은 가격을 받을 수 있는 기회를 뺏는 거 아닙니까?"

"뭐라?"

"그리고 저 그런 거 모릅니다. 아무튼, 은자 이만 냥에 그것들 전부 제가 사겠습니다."

이쯤 되면 몸이 달 테지.

돈이 문제가 아니라, 저것들을 가져가지 못하면 끔찍한 일을 당할 테니까.

"은자 이만천 냥! 그것들 전부 은자 이만천 냥에 사겠네!"

"은자 이만이천 냥에 사겠습니다."

"은자 이만오천 냥!"

"헉……."

이쯤에서 멈춰야겠지.

"제, 젠장!"

나는 분하다는 표정을 지으며 주먹으로 탁자를 내리쳤다. 그런 나를 보며 그는 유쾌하게 웃었다.

"젊은 청년이 패기가 넘쳤지만, 안 되었군."

빙해린 소궁주가 말했다.

"그럼 이만오천 냥에 넘기도록 하죠. 대금 먼저 치르시죠."

"그 전에 영약을 살펴도 되겠소?"

"얼마든지."

그녀가 제자에게 눈짓하자, 제자는 위에서 영약을 가지고 내려왔다.

그리고 탁자 위에 올려놨다.

"살펴보시지요. 그런데……."

빙해린 소궁주는 그를 향해 살기를 내뿜었다.

"그 영약들을 살피겠다는 건, 우리 북해빙궁을 믿지 못하겠다는 의미입니까?"

"헉! 아, 아니, 그건 아니고……."

빙해린 소궁주의 살기는 북해의 시린 바람을 그대로 담

고 있었다.

그는 덜덜 떨며 말도 제대로 잇지 못했다.

그런 그를 보며 빙해린 소궁주는 싸늘하게 말했다.

"사실 이전에 아주 불쾌한 일을 당했거든요. 우리 북해빙궁의 영약들이 가짜라니! 우리를 상대로 사기를 친 자는 반드시 잡아서 도륙을……."

그녀의 입에서 나오는 끔찍한 이야기들.

그 범인인 초씨는 아예 사색이 되어 벌벌 떨고 있었다. 일은 실행했지만 겁은 나는 모양이네.

"그래서, 더 살펴보실 생각입니까?"

"아, 아닙니다."

저자의 생각이야 뻔하다.

분명 사소한 트집을 잡아 어떻게든 값을 깎으려 했겠지.

하지만 이런 살기를 받고 과연 그럴 수 있을까?

"그럼 대금 주십시오."

"대금은…… 전표를 쓰겠습니다."

그는 전표를 내밀었다. 유기명 전표다.

이에 빙해린 소궁주는 그걸 제자들에게 내밀며 말했다.

"지금 전장으로 가서 이것들을 현금으로 바꾸어 오도록 하세요."

"알겠습니다."

이곳 요녕에도 금산전장의 지점이 있었고, 나름 큰 마을이기에 그 정도 자금은 있을 거다.

한 시진 후,
제자들은 커다란 상자들을 가지고 왔다.
"현금으로 바꾸어 왔습니다."
빙해린은 직접 그 상자를 열어 안의 은자들을 살펴보았다.
"좋습니다."
그녀는 영약들을 상자에 담아 그에게 주었다.
"이제 이건 그대의 것입니다. 좋은 거래였습니다."
"조, 좋은 거래…… 였습니다."
그렇게 그는 비척거리며 객잔을 나섰다. 빙해린 소궁주에게 준 돈을 실물로 보니 뒷일이 걱정되는 거겠지.
아마 저 정도면 저자의 거의 전 재산일 테니까.
그나저나 경매에서도 은자 만 냥 남짓한 돈으로 저걸 다 낙찰받았는데, 이걸 무려 이만오천 냥에 판 것을 보면 역시 나는 천상 상인인 모양이다.
나는 한숨을 푹 쉬며 그를 따라 나왔다.
"부럽네요."
"……부러워할 것 없네. 이건 내 목숨이 달린 일이라서 나 역시 양보할 수 없었을 뿐이야."
"아, 혹시 귀하가 그분입니까?"
"응?"
"그 저자에 소문이 자자하던데요? 귀매장시의 주인에게 사기 치다가 걸린 자가 있다고요."
"사, 사기라니! 조금 오해가 있었을 뿐이네."

귀매장시(鬼魅場市) 〈277〉

"아무튼, 힘내세요. 제가 이곳 요녕에 친우가 있어서 잘 아는데 그분에게 밉보이면 진짜 큰일이라고 하더라고요."

"그, 그런가?"

"아, 아까 거래에 끼어들어서 죄송했습니다."

"자네도 영약이 필요했나 보군."

"네. 그걸 구하는 사람이 있어서 중간에 이득을 좀 남길 생각이었는데 어쩔 수 없죠."

나는 말을 이었다.

"살펴 가십시오."

그리고 나는 내 갈 길을 간다는 듯이 뒤도 돌아보지 않고 발걸음을 옮겼다.

그리고 진유 무사에게 전음을 보냈다.

- 지금 가고 있습니까?

- 네. 가고 있습니다.

- 그럼 다음 작전으로 갑시다.

- 네.

우리는 팔갑이 만들어 준 도깨비 가면을 쓰고 붉은색 옷을 입었다.

팔갑이 참 이런 손재주가 좋단 말이지.

* * *

초석은 한숨을 내쉬었다.

"젠장, 내가 미쳤지. 이걸 은자 이만오천 냥에……."

거의 자신의 전 재산을 턴 거나 다름없었기에 속이 더욱 쓰렸다.

하지만 어쩔 수 없다.

우선 목숨을 건지고 봐야 했으니까.

이게 무슨 운명의 장난인지, 쫄딱 망한 집안이 더 망하게 된 건 북해빙궁 때문이다.

사실 그건 자신이 자초한 일이지만 말이다.

그때 붉은 옷에 도깨비 가면을 쓴 자들이 나타났다.

"약속대로 물건을 받으러 왔다."

"여, 여기 있습니다."

하지만 뭔가 이상했다.

옷이나 분위기는 맞는 것 같지만, 도깨비 가면을 쓰고 있다니.

"그런데 왜 지금 도깨비 가면을 쓰고 있는 겁니까?"

"지금은 밤이니까. 낮이라면 아까처럼 그냥 찾아왔겠지."

"……그렇군요."

"그나저나 오늘 안에 내놓는 것을 보니 분골착근의 고통이 제법 즐거웠나 보군."

그것까지 알고 있다니! 아까 찾아온 자들이 확실했다.

"물건을 내놓아라."

"여기 있습니다."

그들은 그 물건을 받았고, 확인했다.

"다음부터는 속이지 마라."

"네."

그가 고개를 숙였다가 들었을 땐, 이미 그들은 사라져 있었다.

그뿐만 아니었다.

자신의 호위를 위해 동행했던 두 명의 무사들도 사라진 상태였다.

뭔가 귀신에 홀린 듯한 표정으로 그렇게 처소에 돌아왔더니, 경매 책임자가 자신을 기다리고 있었다.

"물건은?"

"방금…… 영약들을 받아갔지 않습니까?"

"자네, 아직 잠이 덜 깼나?"

"바, 방금, 분명히 도깨비 가면을 쓴 이들에게 줬는데? 너희들도 봤……."

하지만 이를 증명해 줄 두 낭인 무사는 없었다.

그는 깨달았다. 자신이 속았다는 것을.

마치 도깨비에 홀린 듯했다.

하지만 하나는 확실했다. 자신은 진짜 망했다는 것을.

* * *

나는 내 눈앞에 놓인 영약들을 보며 씩 웃었다.

귀매장시의 경매에서 내가 아낌없이 가격을 올려 낙찰받은 이유가 이것이다.

어차피 그 이상으로 벌 수 있으니까.
그리고 내가 그 돈을 지불할 일도 없고.
그때 진유 무사의 기운이 느껴졌다.
"주군, 저 진유입니다."
"들어오세요."
문이 열리고 진유 무사가 들어왔다.
"그자가 귀매장시의 인물들에 의해 끌려갔습니다."
"그렇군요."
그럼 이제 북해빙궁이 나설 차례이다.
"아, 그리고 그자가 귀매장시의 인물들에 의해 끌려갔다는 소문을 들은 낭인들이 도망가기 시작했습니다."
그건 예상했다.
낭인들은 돈을 보고 일하지, 고용주에 대한 의리 같은 것을 따지는 자들이 아니거든.
그래서 아까 그자를 호위하던 이들을 납치하여 사정을 말해 주자 뒤도 안 돌아보고 도망쳤지.
"아주 좋네요."
방해꾼들도 사라졌으니, 빠르게 일을 처리할 수 있겠군.
"그럼 한 가지 일만 더 처리해 주세요."
"말씀하십시오."
"소궁주에게 말을 전해 주세요. 임청밀이라는 자를 잡아 그의 진술을 들어 보라고요. 이제 그의 목숨을 위협하는 자가 없다고 하면 될 겁니다."

"알겠습니다."

"그리고 그 진술을 확보하자마자 초씨라는 그자가 끌려간 곳으로 가서 그 신병을 확보하라고 하세요."

"네."

그를 나락으로 보내기 위해서 귀매장시를 이용하긴 했지만, 그의 신병을 그들에게 넘길 생각은 없다.

북해빙궁에게 해를 입힌 자이다.

그러니 당연히 북해빙궁에서 그 신병을 처리해야 마땅한 일이다.

* * *

은서호의 말을 전해 들은 빙해린은 씩 웃었다.

북해빙궁에 그 짓거리를 한 자를 귀매장시의 주인에게 넘긴다는 건 그녀로서도 마음에 들지 않은 일이다.

그러니 그자의 신병을 요구해야 마땅한 일.

그녀는 제자들에게 명령했다.

"지금 즉시, 임청밀을 잡아 오세요."

"알겠습니다."

그리 외치며 제자들은 객잔을 나섰고, 얼마 되지 않아 임청밀을 추포해 왔다.

임청밀은 빙해린을 보자마자 덜덜 떨며 그 앞에 머리를 박았다.

"소, 소상…… 임청밀이 빙극의 작은 주인을 뵙습니다."

"제가 누군지는 안다는 거군요. 그런데 그런 장난을 쳤다라……."

그녀는 싸늘한 표정으로 말했다.

"본 궁의 제자들이 감정을 맡긴 영약들을 감정하는 척하면서 가짜로 바꾸는 수법을 우리가 정녕 모를 거라고 생각했나요?"

이는 은서호가 알려 준 수법이다.

그녀의 입에서 그 사실이 나오자, 그는 사색이 되어 머리를 조아렸다.

"소, 송구합니다. 소상이 죽을죄를 지었습니다."

그 모습을 보며 빙해린은 은서호가 알려 준 것을 떠올렸다.

"자고로 심문이란 채찍과 당과를 적절히 섞어야 효과가 좋은 법입니다."

그러니 이제 채찍을 거두고 당과를 내밀 차례다.

"하지만, 본 궁은 이 일이 그대가 독단으로 저지른 일이 아님을 알고 있습니다. 본 궁과 오랫동안 거래를 해 온 그대가 아닙니까?"

빙해린은 부드럽게 말을 이었다.

"고개를 드시고 저를 보세요."

그녀의 말에 임청밀은 조심스럽게 고개를 들었다.

"전에 보니까 이상할 정도로 상단에 무사들이 많더군

요. 협박이라도 당한 건가요?"

"그게……."

"말해 보세요. 그래야 우리도 정상참작을 할 것 아닌가요?"

"……."

"그대의 집을 점거하고 있던 이들이 일시에 도망갔죠? 이제 모든 사실을 말해도 다칠 일이 없습니다."

이에 그는 고개를 끄덕이며 말했다.

"두 달쯤 전이었습니다. 그는 무시무시한 실력을 지닌 자들을 데리고 저희 상단에 침입했습니다. 그는 순식간에 상단의 무사들을 제압하고는 저를 협박했습니다. 자신의 말을 따르지 않으면, 저와 다른 가족들을 죽이고 부인과 딸을 욕보이겠다고 말입니다."

그는 울먹이며 말을 이었다.

"솔직히 저 하나 죽는 건 억울하지 않습니다. 하지만 아버지가 일찍 돌아가시는 바람에 혼자서 저를 키우느라 고생하신 어머니를 비참하게 돌아가시게 할 순 없었습니다. 그리고 제 부인과 자식들은 무슨 죄입니까?"

"그래서 그들이 시키는 대로 했다는 거군요."

임청밀은 고개를 끄덕였다.

빙해린은 그의 목에 있는 상처를 가리키며 말했다.

"이 상처, 그자에 의해 생긴 거겠군요. 이건 스스로 검을 겨누어서는 날 수 없는 상처니."

"그렇습니다."

그는 눈물을 닦으며 말했다.

"감히 간청드립니다. 이번 일은 협박을 받았다고 하지만 북해빙궁을 기만한 일이 분명합니다. 그러니 부디 이번 일로 인한 처벌은 저 하나로 끝내 주십시오. 그리고 제 가족들과 상단은 건드리지 말아 주십시오. 그들은 죄가 없습니다."

임청밀은 다시금 고개를 조아렸다.

빙해린은 복잡한 눈으로 그를 보며 은서호가 했던 말을 떠올렸다.

"솔직히 이번 일에 북해빙궁의 잘못이 없다고 할 수 없습니다."

"저희에게 잘못이 있다고요?"

"네. 임청밀 상단주가 노려진 이유가 무엇입니까? 그건 북해빙궁에서 그곳과 독점으로 거래를 했기 때문입니다."

"그건……."

"솔직히 저라고 해도 임청밀 상단주를 노리겠습니다."

"……."

"만약 빙궁에서 여러 곳과 거래를 했다면 그자가 협박의 대상이 되었겠습니까?"

맞는 말이었다. 그러니까…….

"그대에 대한 처벌은 나중에 생각하고, 우선 이번 일을 주도한 자에 대해 좀 알아야겠습니다. 누굽니까? 그 찢어 죽일 자식이?"

"그자는 저희 상단 옆에 거하는 자로, 이름은 초석이라고 합니다."

　　　　　　　＊　＊　＊

요녕에 있는 귀매장시의 주인의 건물 중 한 곳.

그곳에서는 지금 혹독한 협박이 이루어지는 중이었다.

"진짜 영약 어디로 빼돌렸냐고? 어?"

"나는 도깨비 가면을 쓴 자에게 넘겼…… 으아아악!"

"너 때문에 우리 귀매장시의 명예에 금이 갔다고!"

"나, 나는 정말 억울…… 억울하다고!"

초석은 진짜 미치고 팔짝 뛸 것 같았다.

어찌 된 것이 분골착근의 고통은 익숙해질 법도 했지만 그런 거 없이 점점 고통이 심해졌다.

고문을 받다가 정신을 잃으면 물을 뿌리며 강제로 깨우기를 몇 번,

차라리 죽여 달라고 빌고 싶었다.

그때였다.

"저, 문제가 생겼습니다."

"문제?"

"예. 북해빙궁에서 갑자기 찾아왔는데, 저자의 신병을 요구하고 있습니다."

"그게 무슨 소리야?"

경매 책임자는 미간을 찌푸렸다가 말했다.

"우선 안으로 모셔."

"네! 어디로 모실까요?"

그때 초석이 외쳤다.

"부, 북해빙궁의 소궁주를 제가 만난 적이 있습니다. 아까 분명 소궁주에게 영약들을 구입했습니다!"

이에 경매 책임자가 말했다.

"이곳으로 모셔와."

"알겠습니다."

잠시 후, 빙해린이 그곳에 도착했다.

그녀를 본 초석이 간절한 목소리로 외쳤다.

"제, 제발 살려 주십시오! 아까 제가 소궁주님께 영약들을 구입하지 않았습니까?"

증오하는 북해빙궁이지만 지금은 그의 유일한 구명줄이다.

그러나 그는 몰랐다.

북해빙궁은 절대 자신들에게 해를 가한 자를 곱게 내버려두지 않는다는 것을.

"저자의 말이 사실입니까?"

빙해린이 고개를 끄덕이며 대답했다.

"네, 사실이에요. 은자 이만 오천 냥에 저에게 영약들을 사 갔죠. 하지만 제가 아는 건 그 사실뿐, 그것으로 뭘

했는지는 모르죠."

그녀는 말을 이었다.

"저희 북해빙궁에 그리했던 것처럼 다른 이들을 등쳐 먹으려고 했을지도요."

"……!"

그 말에 초석은 심장이 덜컥 떨어지는 것 같았다.

그 말대로라면 이번 일이 자신의 짓이라는 것이 들통 났다는 의미니까.

"저희가 팔기 위해 감정을 맡긴 진짜 영약을 가짜 영약으로 바꿔치기하라고 협박했더군요."

"과연!"

경매 책임자가 고개를 주억거렸다.

"상습범이라는 거군요."

"하여 저희 북해빙궁에서는 본 궁에 위해를 가한 자의 신병을 요구하는 바입니다."

"……."

경매 책임자는 침음을 흘렸다.

북해빙궁.

그곳은 북해와 가까운 요녕에 사는 이들에게 있어 존경과 공포의 대상이다.

귀매장시의 주인 역시 공포의 대상이지만, 북해빙궁은 그 급이 달랐다.

북해빙궁이 침묵을 깨고 요녕으로 진출한다면 귀매장시의 주인 정도는 가볍게 밟을 수 있었다.

게다가 귀매장시의 주인 혈해암왕이 누누이 말했던 것이 있었다.

그 목숨을 길게 이어 가고 싶다면, 절대 북해빙궁의 심기를 거스르지 말라고.

그만큼 북해빙궁의 위명은 이곳에서 절대적이었다.

하지만 그들로서도 그냥 내줄 수는 없었다.

감히 물건을 사기 쳐서 귀매장시와 혈해암왕의 이름에 먹칠을 했으니까.

"그러니까, 서로 평화적으로 해결하죠."

그 말과 동시에 빙해린에게서 뿜어져 나오는 싸늘한 기세.

그는 고민 끝에 타협안을 제시했다.

"그럼 평화적으로 해결하기 위해 이 자식의 팔 하나만 양보해 주시죠."

"좋아요."

빙해린이 승낙하자, 경매 책임자가 검을 뽑아 초석의 팔을 베었다.

서걱-!

순식간에 벌어진 일.

"끄아아악!"

초석은 고통에 비명을 질렀다.

하지만 빙해린은 냉담한 얼굴로 혈도를 눌러 지혈한 후 제자들에게 말했다.

"재갈 물리는 것도 잊지 마세요."

"네!"

* * *

내가 광준상단에 돌아왔을 때 팔갑은 분주하게 짐을 챙기고 있었다.
"응? 뭐 하고 있어?"
"짐 싸고 있습니다요."
"갑자기?"
"예. 곽 부관님이 내일 아침 일찍 출발할 거라고 하셔서요."
곽 부관이?
그러면 일이 잘 해결되었다는 거네.
그때 진유 무사가 다가와 나에게 말을 전해 주었다.
"그분께서는 먼저 출발하신다고 하십니다."
"알겠습니다."
이번 일의 완벽한 마무리를 위해서 북해빙궁이 초씨의 신병을 확보하자마자 먼저 출발하는 것으로 했다.
"그리고, 영령객잔의 삼 층에 파란색 끈이 매달렸습니다."
저들이 나를 부른다는 의미다.

잠시 후.
나는 영령객잔으로 향했고, 끈이 매달려 있는 객실로

들어갔다.

 검은색 장막이 쳐져 있어서 서로의 얼굴을 볼 수 없었다.

 하지만 그 기운을 봐서는 경매 책임자다.

 내가 방에 들어오자 그는 일어나 고개를 숙였다.

 "송구합니다. 결국, 그 물건들의 진품은 구하지 못했습니다."

 "그랬군요. 사실 저도 개인적으로 그 물건들을 구하려 했지만 쉽지 않았습니다."

 "그러셨군요."

 내가 이렇게 말하는 건 신뢰를 높이기 위해서다.

 "할 수 없이 포기해야겠군요."

 "정말 송구하게 되었습니다."

 "괜찮습니다."

 내 담담한 태도에 그가 의아해하는 목소리로 말했다.

 "생각보다 침착하시군요."

 "제가 침착해 보이십니까? 하하하. 마음 같아서는 난동이라도 부리고 싶지만, 참는 겁니다. 이곳에서 난동 부리다가는 내 목숨이 위험하니! 젠장!"

 "……현명하십니다."

 "후, 아무튼 알겠습니다."

 "저, 부탁드릴 것이 있습니다."

 "무엇입니까?"

 "이번 일에 대해 비밀로 해 주실 수 있으시겠습니까?"

"명성에 먹칠을 할까 저어되는 겁니까?"

"뭐, 그런 거죠."

나도 바라는 바이다.

나도 귀매장시를 이용한 셈이었으니, 이 일을 비밀로 해야 골치 아프지 않으니까.

하지만.

"맨입으로요?"

스륵, 탁.

그는 기다란 탁자를 통해 뭔가를 나에게 밀었다.

"이건?"

"암혈비(暗血匕)입니다. 살기를 품어도 살기가 드러나지 않게 하는 귀물입니다."

"이 정도면 쓸 만하군요. 그 제안, 받아들이겠습니다."

"다음에 방문해 주십시오. 그땐 실망시켜드리지 않겠습니다."

"그러죠."

나는 비수를 옷소매에 넣었고, 그렇게 그곳을 나섰다.

지금 내가 들어갔던 객실의 천장에 숨어 있던 자가 있었다.

내가 그걸 알아차리지 못했을 리가 없지.

그는 내 얼굴이 궁금했을 거다. 하지만 그는 내 얼굴을 보지 못했다.

왜냐고?

나에게는 내 모습을 감춰주는 부채인 면막선이 있으니까.

이렇게 이곳에서의 일은 마무리되었다.

그나저나 빙해린 소궁주가 임청밀 상단주에게 무슨 처벌을 내렸는지 궁금하네.

그녀는 냉철하면서도 냉담하지만 그리 모질지는 않은 사람이다.

그러니 적당한 선에서 처벌했겠지.

.
.
.

다음 날 아침.

우리는 다시 북해빙궁을 향해 출발했다.

"아, 진짜 왜 그렇게 오래 걸린 거야?"

진호 형이 나를 타박했지만, 나는 그저 웃을 뿐이었다. 이번 일은 진호 형에게 비밀이거든.

이 일을 알았다가는 왜 자신을 빼고 그런 일을 했냐고 할 것이 분명하니까.

"그냥, 북해빙궁의 일을 도와드렸어."

"그랬어? 그러고 보니 무사들이 북해빙궁의 제자들이 왔다고 하더니? 어? 소궁주님은?"

"어젯밤에 제자들과 출발했어. 이제 곧 합류할 거야."

"응?"

내 말에 하 표두는 뭔가 눈치챈 듯 고개를 끄덕였다.

곧 저 멀리 북해빙궁의 제자들이 보였다.

우리는 그녀들과 합류하였다.

나는 빙해린 소궁주에게 다가갔고, 살짝 물었다.

"왜 그랬답니까?"

"초석 그자는 저희한테 원한이 있었답니다. 과거 그자의 아버지가 본 궁의 제자를 강제로 범한 적이 있었는데, 이 일을 알게 된 본 궁에서 응징한 적이 있었죠. 이번처럼 가족을 인질로 해서 본 궁의 제자를 협박했다고 합니다."

"부자가 똑같군요."

"문제는…… 자신을 도운 자가 있다는 주장인데…… 계획도 세워 주고 가짜 영약도 제공했다고 합니다. 하지만 귀매장시와 문제가 생겼을 때 연락했는데 그런 자는 없었다고 합니다."

나는 입술을 깨물었다.

그의 진술은 사실일 거다. 그런 자가 그런 치밀한 계획을 세웠을 리가 없으니까.

그때 느껴졌던 흑도의 기운. 아마 그자가 이 일을 지원했을 텐데…….

쳇, 일이 틀어지자 도주했군.

"아, 그리고 말씀드리는 것이 늦었네요. 지금 설서윤 호법께서 마중 나오신다고 합니다."

"네?"

설서윤 호법이라면…… 어? 진호 형의 장모님인데?

어서 진호 형에게 전해 줘야…….

나는 저 멀리 뿌연 흙먼지를 보며 헛웃음을 지었다.
아, 늦었네.
미안, 진호 형.

88장. 설풍궁은 멸문하지 않았다

설풍궁은 멸문하지 않았다

뿌연 흙먼지를 휘날리며 달려오는 이들을 본 진호 형이 나에게 말했다.

"서호야. 저기 달려오는 이들이 가지고 있는 깃발, 북해빙궁의 표식 같은데?"

"응. 맞아."

나는 고개를 끄덕였다.

"말하는 게 좀 늦었는데, 설서윤 호법님이셔."

"뭐?"

내 말에 진호 형의 눈동자가 더 이상 커질 수 없을 정도로 커졌다.

나는 눈이 튀어나오는 줄 알았다.

"자, 장모님이시라고?"

그 말에 하철 표두님도 깜짝 놀란 표정이다. 그도 그럴 것이, 비록 설서윤 호법님과 공식적으로 혼인 관계는 아니지만, 딸까지 있는 연인 관계니까.

"이, 이럴 게 아니라…… 얼른 옷이라도 좀……."

"괜찮아. 안 꾸며도 충분히 멋져."

그 사이, 그녀들이 도착했다.

빙해린 소궁주가 나와 그녀들을 맞이했다.

"오시느라 수고 많으셨습니다."

"이리 맞아 주시니 감사할 따름입니다."

그리고 이어서 우리들과 인사를 나누었다.

"자, 장모님을 뵙습니다."

"우리 사위. 못 본 사이에 더 훤칠해졌네."

"가, 가, 감사합니다."

"그리고…… 오랜만이네요."

"그렇구려. 오랜…… 만이구려."

하철 표두님과 설서윤 호법님이 서로를 바라보는 눈빛에는 애틋함이 담겨 있었다.

나는 잠시 시간을 두었다가 포권하여 인사했다.

"호법님을 뵙습니다."

"반갑습니다. 그리고 이번에 큰일을 해 주었다고 들었습니다."

"저보다 진호 형이 고생했지요."

은근슬쩍 진호 형을 띄워 주며 말을 이었다.

"그보다 어서 서둘러야 할 듯합니다."

"그렇군요."

설서윤 호법님은 생각보다 훨씬 야위어 있었다.

요녕으로 불렀던 이들보다 훨씬 상태가 안 좋아 보일 정도.

아마 솔선수범해서 식사량을 줄인 거겠지.

그것도 있겠지만, 내가 볼 때 다른 이들에게 식사를 양보했을 가능성이 컸다.

다른 이들보다 내공이 중후하니, 먹지 않고도 오래 버틸 수 있는 건 사실이다.

하지만 그것도 한계가 있었다.

사람이 먹지 않고도 살 수 있으면 왜 폐관 수련할 때 벽곡단이 필요할까?

이전 삶에서는 이렇게 시간이 더 지나면서 수많은 이들이 아사했을 것이다.

그리고 그녀들의 원한을 갚겠다며 또 엄청난 피가 흘렀을 터.

나는 그 비극들을 막아 낸 것이다.

뭔가 좀 뿌듯하네.

잠시 쉰 우리는 다시 정비를 마치고 이동하기 시작했다.

요녕을 벗어나 길림을 통과하자 드넓은 초원이었다.

유목 부족들의 땅.

이렇게 많은 곡식을 가지고 이곳을 지나는 것은 결코 추천할 만한 일이 아니다.

하지만 우리에게는 빙해린 소궁주가 있다.

초원 지대에 접어들자마자 빙해린 소궁주는 손목의 팔찌를 조작했다.

화악-!

그러자 허공에 북해빙궁의 상징인 빙(氷)자가 푸른색으로 새겨졌다.

와, 저 모습은 다시 봐도 장관이네.

이제 초원의 부족들은 우리에게 우호적이든 적대적이든 얼씬도 하지 않을 거다.

그로 인해 보급에 도움을 받을 수도 없지만, 상관없다. 이럴 것을 대비해서 물이나 각종 물품을 넉넉하게 챙겨 왔으니까.

우리는 빠르게 초원 지대를 지나쳤고, 곧 북해 초입에 들어섰다.

나는 빙해린 소궁주에게 양해를 구했다.

"잠시, 북해에 있는 지부에 들러도 되겠습니까?"

"그렇게 하세요."

우리는 잠시 북해지부에 들렀다.

앞으로 지금까지의 추위는 장난이었다는 듯한 추위가 시작될 터다.

창인표국의 표사들은 모두 설풍궁의 무공을 익혔으니 괜찮겠지만, 일반 쟁자수들에게는 너무 가혹한 일이다.

나는 그들에게 그 고생을 강요하고 싶지 않았다.

나는 하철 표두님과 쟁자수를 이끄는 상자수에게 말했다.

"여기서부터는 쟁자수 분들에게 너무 힘든 길입니다.

그러니 이곳에서 쉬게 하다가, 저희가 돌아갈 때 합류하는 편이 나을 듯합니다."

"나 역시 그리 생각하네."

하철 표두님의 말에 상자수가 고개를 끄덕였다.

"저희를 그리 배려해 주시니 감사할 따름입니다. 마음 같아서는 끝까지 함께 하고 싶지만, 저희 능력이 부족하니 어쩔 수 없지요. 그리 따르겠습니다."

나는 북해지부의 지부장에게 쟁자수들을 머무르게 해 달라고 부탁했다.

그만큼 물품들도 추가로 건네줬고.

"아이고, 그럼요! 물론입니다."

"그럼 잘 부탁드립니다."

다음 날, 아침.

우리는 다시 북해빙궁으로 발걸음을 재촉했다.

여기서부터는 마차를 놓고 말을 타고 이동하기로 했다.

수레만 해도 엄청난 수였기에 마차까지는 무리였다.

서향 소저에게도 양해를 구했는데, 다행히 서향 소저는 말을 생각보다 잘 탔다.

"사실, 오라버니들께 말을 타는 법을 배웠어요. 배운 지 오래되어서 잘 탈 수 있나 걱정했는데, 기우였네요."

어느새 눈이 펑펑 내리고 있었다.

우리는 방풍과 방수, 그리고 보온을 위해서 안쪽은 따뜻한 털로 되어 있고, 바깥쪽에는 기름을 먹인 종이로 되어 있는 피풍의를 입었다.
 이렇게 입어도 추운 곳이 북해니까.
"춥지 않으십니까?"
"네. 괜찮아요."
"다행입니다."
 다른 이들이 서향 소저도 북해빙궁으로 가는 것이 대해 우려를 표했었다.
 이에 빙해린 소궁주는 코웃음치며 말했다.

"곽 부관이 저들보다 훨씬 추위를 덜 탈 텐데, 별걱정을 다 하는군요."

 그건 이미 빙해린 소궁주가 서향 소저가 빙공을 익혔음을 알아차렸다는 의미겠지.
 그녀의 말대로 저번부터 배우기 시작한 천류빙검의 심법인 천류공 덕분인지 그녀는 크게 추위를 타지 않았다.
 팔갑이야 뭐, 내가 준 화씨벽 목걸이 덕분에 추위에도 거뜬했고.
 내리는 눈을 보며 설서윤 호법님이 말했다.
"눈을 보니 가는 길이 평탄하겠군요."
"그걸 어찌 아시나요?"
 서향 소저가 호기심을 드러내자, 설서윤 호법님이 친절

하게 설명해 주었다.

"눈에 습기가 있으니까요. 눈에 습기가 없이 바스락거리면 그건 곧 바람이 불어온다는 의미죠. 바람까지 불면 북해빙궁으로 가는 일은 험난하답니다."

"그렇군요."

"하지만 문제는 길이 평탄하면 다른 위험이 뒤따른다는 것이죠."

그때 서향 소저가 잠시 움찔하더니 말을 몰아 내게 다가왔다.

"무슨 일이십니까?"

"괴물이…… 있어요."

"영물이군요. 혹시 눈이 붉은색이었습니까?"

"……맞아요."

"이 북해에는 피를 탐하는 영물들이 있습니다. 그 영물들이 북해빙궁으로 가는 이들을 방해하는 또 하나의 장애물이죠."

그녀가 고개를 주억거렸다.

"담담하신 것을 보니, 전에도…… 그런 괴물 그러니까 영물을 마주치셨던 모양이네요. 기록을 정리하다 보니 저를 위해 눈을 가지고 오셨을 때 말고도 몇 번이나 북해로 가셨음이 보였으니까요."

"맞습니다."

기록을 통해 그것을 추측할 수 있다니, 정말 능력 있는 인재다.

"열심히 무공을 익혀야겠네요. 소단주님의 발목을 붙잡을 순 없으니까요."

이에 나는 뺨을 긁적이며 말했다.

"보통은, 대단하다든지 힘들었겠다든지 그런 말을 하지 않나요?"

내 물음에 그녀가 작게 웃었다.

"소단주님이 대단하신 건 이미 알고 있고, 힘들었겠다는 말은 해 봤자 위로가 될까요? 그걸 모르고 가신 것도 아니셨을 텐데요."

"……."

맞는 말이라서 할 말이 없네.

"무공, 열심히 알려 드리겠습니다. 아, 그런데 무슨 영물이기에 괴물이라고 하신 겁니까?"

"……오리요."

.

.

.

그렇게 날이 저물었다.

북해빙궁으로 가기 위해서는 도중에 몇 번 정도 야숙을 해야 했다.

우리는 야숙 준비를 했고, 따뜻한 죽을 끓여 식사했다.

상당한 기간 동안 제대로 식사를 하지 못한 북해빙궁의 이들을 위해서였다.

그렇게 식사를 마치고 설서윤 호법님이 감격한 표정으

로 말했다.

"오랜만에 제대로 된 식사를 하는군. 고맙네."

이에 진호 형은 쑥스러운 표정으로 말했다.

"어서 가서 외장조모님께도 따뜻한 죽을 대접해 드려야 할 텐데 말입니다."

"그 마음은 고맙네. 하지만 조급해해서는 안 돼. 이곳은 언제 어디서 무슨 일이 일어날지 모르니까."

"네. 명심하겠습니다."

그 대화를 들으며 나는 넌지시 물었다.

"혹시, 이곳의 피를 탐하는 영물 중에 오리 모양의 영물도 있습니까?"

"……!"

그 말에 순간 설서윤 호법님과 빙해린 소궁주의 얼굴이 굳었다.

"그건 왜 묻는 거죠?"

빙해린 소궁주가 날카롭게 반응했다.

"아뇨, 그냥 궁금해서요."

서향 소저의 능력은 비밀이니 그리 둘러대었는데 그 반응이 심상치 않았다.

내 질문이 그리 민감한 질문이었나?

아니면 다른 이유라도 있는 건가?

설서윤 호법님이 한숨을 내쉬며 대답해 주셨다.

"피를 탐하는 영물 중에 오리 모양을 한 영물을 우리는 백혈압부(白血鴨鳧)라고 부릅니다. 눈 속에서 위장하고 있다가 순식간에 달려들어 날카로운 이빨이 달린 부리로 살을 찢어 버리는 놈들이죠. 크기는 보통 다섯 척."

다섯 척(150cm)이면…… 오리치고는 큰데?

그래도 단칼에 베어 버리면 되는 놈들인데 왜 저런 반응이지?

그 의문은 곧 이어지는 설명에 납득할 수 있었다.

"문제는 백혈압부들이 떼로 몰려다닌다는 겁니다. 오십여 마리는 기본이고 많을 땐 수백 마리가 몰려다닙니다."

"……."

예로부터 몰매에는 장사 없다고 했다. 그런 무시무시한 녀석들이 떼로 몰려들어 공격한다면…….

왜 그런 표정인지 알 것 같았다.

"진짜 무서운 놈들이군요."

"하지만 그리 걱정할 건 없습니다. 백혈압부 녀석들은 북해빙궁과 꽤 먼 곳에서 활동하는 이들입니다. 빙궁 근처에서 보는 건 몇십 년에 한 번 있을까 말까 할 정도죠. 그들은 웬만해서는 자신들의 구역을 벗어나려고 하지 않습니다."

후, 죄송합니다.

그 몇십 년에 한 번 있을까 말까 한 일이 이번에 일어날 겁니다.

서향 소저가 그리 말했으니 틀림없을 터.

"혹시라도 백혈압부를 마주하면 어찌해야 합니까?"

"어두워질 때까지 버티며 기다려야 해요. 밤눈이 어두

워서 밤에는 활동하지 않고 공격을 하다가도 은신처로 돌아가거든요."

"그건 다행입니다. 그런 놈들이 밤에 나타난다면 진짜 악몽이 따로 없겠군요."

나는 슬쩍 빙해린 소궁주에게 물었다.

"혹시, 금령이 있으면…… 괜찮지 않을까요?"

"전에 늑대를 쫓아냈다고 해도, 아직은 무리입니다."

.
.
.

다음 날, 우리는 다시 출발했다.

그리고 점심이 가까워졌을 때, 나는 헛웃음을 지었다.

"허허허."

진짜 나타났다.

저 앞에서 오리들이 달려오기 시작했다.

허, 진짜 오리네.

부리에 날카로운 이빨.

그리고 날카로운 발톱의 오리는 거의 다섯 척은 되어 보였다.

백혈압부다.

그것도 백여 마리를 훌쩍 넘어 보였다.

이를 본 북해빙궁의 제자들의 안색이 어두워졌다.

"세상에……."

"어떻게 이런 일이……."

나는 검을 뽑아 들며 외쳤다.

"넋 놓고 있을 시간 없습니다! 전원 전투대형으로!"

내 말에 진호 형이 정신을 차리고 외쳤다.

"전투대형으로!"

"네!"

이에 다른 이들도 서둘러 전투대형으로 섰다. 나는 팔갑에게 서향 소저를 보호하라고 한 후 전면에 섰다.

"끼에에에엑!"

"께에에엑!"

으, 이러다가 새 공포증이 생길 것 같다.

그때였다.

"……!"

우리 옆의 눈 덮인 언덕 쪽에서 느껴지는 기운…….

이건 흑도의 기운이다.

그것도 초석이라는 자에게서 느껴졌던 그 기운과 똑같은 기운이다.

그렇다면 저자가 이번 일의 배후다!

그때 퍼뜩 어젯밤에 들었던 말이 떠올랐다.

"하지만 그리 걱정할 건 없습니다. 백혈압부 녀석들은 북해빙궁과 꽤 먼 곳에서 활동하는 이들입니다. 빙궁 근처에서 보는 건 몇십 년에 한 번 있을까 말까 할 정도죠. 그들은 웬만해서는 자신들의 구역을 벗어나려고 하지 않습니다."

만약 그 웬만하지 않은 상황을 일부러 만들었다면?

꽤 가능성이 높았다.

아무튼, 이번 일의 마무리를 위해서라도 저자를 잡아야 한다.

하지만 우리가 저 오리들을 처리하게 되면, 그사이 저자는 도주할 텐데.

그렇다고 내가 여기서 빠지자니 그만큼 우리 일행이 힘들어질 게 뻔하다.

그때였다.

폴짝.

내 소매에서 금령이 빠져나왔다.

아! 맞아. 금령이 있었지.

"금령아, 저쪽에 있는 사람의 냄새 기억해 둬."

"꾸이!"

금령은 그곳으로 달려갔다.

그사이 전투가 시작되었다. 우리는 각자 무기를 들고 백혈압부와 싸우기 시작했다.

오리였지만, 날지 못한다는 것이 다행이었다.

저런 놈이 날기까지 했다면 진짜 골치 아플 뻔했다.

오, 생각보다 진호 형이 잘 싸우네.

그동안 해 왔던 훈련이 효과가 있었다. 이제 진호 형은 이전과 달리 머리를 쓰며 싸우기 시작했으니까.

이 정도면 전투가 끝나고도 그리 크게 지치진 않을 거다.

나는 의도적으로 장소를 그 흑도의 기운이 느껴지는 곳

으로 이끌었다.

그자를 도주하게 만들기 위함이다.

보는 눈이 없어야 좀 더 자유롭게 내 실력을 내보일 수 있으니까.

그사이, 그 흑도의 기운이 멀어지기 시작했다.

좋아. 이제는 내 실력을 좀 보여도 되겠군.

나는 은무검에 기운을 집중했다.

진설십이식의 일곱 번째 초식인, 설박이다.

저 많은 수의 백혈압부를 상대하기 위해서라도 광역기술이 필요하니까.

그때였다.

"꾸잇!"

금령이 달려와 내 앞에 섰다. 왜 내 귀에 '잠깐!'이라고 들리는 것 같지?

그리고······.

"꾸이이잇!"

금령의 외침에 일순간 백혈압부들은 그대로 멈추었다.

"꾸이이익!"

그리고, 재차 이어진 금령의 외침.

푸드드!

퍼더더덕!

백혈압부들은 부리나케 도망가기 시작했다. 마치 엄청나게 무서운 뭔가에 쫓기기라도 하듯이.

이에 나는 빙해린 소궁주를 보았다.

저기, 무리라고 하셨지 않나요?

그녀는 머쓱한 표정으로 슥 고개를 돌렸다.

그나저나 역시 금령이, 은자를 얻어먹을 기회를 놓치지 않는구나.

나는 피식 웃으며 칭찬해 주었다.

"잘했어."

"꾸이?"

"정말 잘 했냐고? 응. 정말 잘 했어."

"꾸이. 꾸!"

"말로만 그러지 말고 은자를 달라고? 얼마나 힘들었는지 아냐고?"

"꾸이!"

그, 그렇구나. 역시 금령이.

금령이에게 은자를 하나 주자, 고개를 저으며 바닥에 숫자를 썼다.

아, 백혈압부의 수가 많았으니까 세 개 달라고?

그래, 줘야지.

나는 금령이에게 은자를 물려 주며 고개를 들어 빙해린 소궁주를 보았다.

"제 생각보다 한호수의 성장이 빠르군요."

민망해하는 것이 고스란히 보였다.

생각보다 표정 관리에는 서툰 사람이구나.

"그러게 말입니다. 그래도 다행이지요. 안 그랬으면 피해가 커질 뻔했습니다."

다행히 죽은 사람은 없다.

"여기는 피가 많이 흐른 곳이라 조금 이동해서 치료하는 게 좋을 듯합니다."

"저 역시 그리 생각합니다."

그렇게 우리는 반 시진 정도 이동한 후, 적당한 곳에 자리를 잡고 부상자들을 본격적으로 치료하기 시작했다.

그사이 나는 해야 할 일이 있었다.

아까 우리를 보고 있던 의문의 흑도인을 추격하는 일이다.

"저는 잠시 해야 할 일이 있어서 자리를 비우겠습니다."

"이 북해에서?"

진호 형이 고개를 갸웃했다.

사람이 좀 단순하긴 하지만 진호 형의 촉은 꽤나 좋은 편이다.

"뭐야? 사실대로 말해."

뭔가 수상한 냄새를 맡은 듯 나를 추궁하는 것을 보면 말이지.

"뭐긴, 무공 수련하러 가는 거야."

나는 말을 이었다.

"내 무공은 빙공이고, 이런 북해와 같은 지형에서는 그 위력이 달라진다고. 그래서 얼마나 다른지 확인하러 가는 거야."

나는 말을 이었다.

"아까 그걸 미처 확인하지 못해서 힘들었다고."

내 말에 빙해린 소궁주가 고개를 끄덕였다.

"그렇군요. 충분히 그럴 수도 있지요."

그녀가 옆에서 거들어 주자 진호 형도 마지못해 고개를 끄덕였다.

"그렇다면 뭐, 잘 다녀와라."

"응."

그렇게 나는 일행과 멀어졌고, 금령을 불러냈다.

"금령아. 나와 봐."

"꾸이!"

내 부름에 금령이 내 소매 안에서 나왔다.

"아까 내가 준 은자는 잘 먹었어?"

"꾸이!"

"잘 먹었다고? 그래, 은자 또 먹고 싶지?"

내 말에 금령의 눈동자가 반짝반짝 빛났다.

"아까 기억해 놓으라고 했던 그 냄새 기억하고 있지? 그자가 어디에 있는지 안내해 줘."

* * *

그는 이름이 없었다.

이미 그는 세상에서 죽은 사람으로 처리된 자였기 때문이다.

다만, 편의를 위해 상부에서는 그를 추어라고 불렀다. 미꾸라지를 닮았기 때문이다.

비단, 미꾸라지를 닮아서 추어라고 불리는 건 아니었다. 뭔가 일을 맡기면 일을 해결한 후 미꾸라지처럼 쏙 빠져나오는 솜씨가 일품이었으니까.

그래서 상부에서 그에게 막대한 부와 무공을 약속하면서까지 그를 죽은 사람으로 위장시켜 데리고 온 것이기도 하다.

지금껏 그가 맡은 일은 물경 수십 건에 달한다.

그러면서도 한 번의 실패도 없었다.

덕분에 이번에 막중한 임무를 맡게 되었다.

바로 북해빙궁의 식량 사정을 어렵게 만드는 일.

"물론, 북해빙궁을 완전히 고사시키는 건 어려운 일이지. 하지만 그로 인해 소중한 제자들을 잃은 빙궁의 궁주에게 범인에 대한 것을 찔러 주면 어찌 될까?"

즉, 자신의 목적을 위해 북해빙궁을 이용하겠다는 것이다.

북해빙궁을 완전히 고사시킬 수는 없지만, 식량 사정을 어렵게 하고 그 원한을 품게 할 생각이었다.

"분명 빙궁의 궁주는 침묵을 깨고 나오겠지. 그러면 이 무림이 피바다가 되는 건 시간문제."

이유는 알 수 없으나, 상부가 원하는 것이 무림의 혼란이라는 건 확실했다.

과연 그 혼란을 통해 무엇을 얻으려고 하는지는 모르겠지만······.

'그것까지 내가 알 필요는 없지.'

그저 자신은 주어진 임무를 완수하고, 그 보상을 받으면 될 뿐이다.

그는 먼저 초석이라는 자에게 접근하였다.

그리고 그에게 복수를 하는 법을 알려 준다는 명목으로 그를 부추겼다.

예상대로 초석은 당장 낭인들을 고용하여 요녕으로 향했다.

받은 임무에서 미꾸라지처럼 빠져나가기 위해서는 다른 앞잡이를 세우는 것이 필수였다.

그래야 그자에게 모든 죄를 뒤집어씌우고 쏙 빠져나갈 수 있으니까.

초석이라는 자는 자신이 지원해 준 가짜 영약을 통해 북해빙궁에 식량난이 심해지도록 만들었다.

그렇게 일은 잘 진행되는 것 같았다.

하지만······ 문제가 생겼다.

진짜 영약들을 경매에 넘겨 그 증거를 싹 없애려고 했는데······.

"뭐? 귀매장시의 경매에 가짜를 넘겼다고?"
"네. 그래서 지금 귀매장시 측에서 단단히 화가 났다고 합니다."

"……."

귀매장시에 붙여 놓은 사람을 통해 그 소식을 들었을 때 그는 알아차렸다.

일이 꼬여도 단단히 꼬여 버렸음을.

만약 초석이 자신에 대해 불어 버린다면 큰일이었다. 그러면 미꾸라지처럼 쏙 빠지는 건 불가능한 일이니까.

아무리 돈과 무공이라는 보상이 있다고 해도 그보다 신변의 안전이 우선이었다.

그는 미련 없이 요령을 떴고, 북해빙궁을 돕기 위해 움직이는 상단이 있다는 것을 알게 되었다.

그들이 가지고 가는 식량들이 북해빙궁에 도착하면 이번 일은 완전히 실패하는 것.

시간이 부족했기 때문에 상부에 보고할 여유도 없이 서둘러 다음 작전을 진행했다.

첫 번째 방법이 실패했을 때를 대비해 준비한 방법.

바로 백혈압부를 동원하는 거다.

그들은 사납고 거칠며 떼로 다니는 만큼 상대하기 까다로운 영물들이다.

게다가 먹성도 좋아서 식량들을 다 먹어치울 터.

'그 식량들이 아깝지만 할 수 없지.'

그는 몰래 백혈압부 무리의 새끼 한 마리를 탈취했고, 그 피를 뿌려 상단 일행이 백혈압부와 마주치도록 유인했다.

백혈압부는 새끼의 위기 앞에서는 절대 물러서는 법이 없으며, 더더욱 거칠고 흉포해졌다.

그렇게 상단과 백혈압부 무리가 마주쳤고, 전투가 벌어졌다.

그 전투를 재밌게 구경하고 있었는데…… 어째 점점 싸움이 벌어지는 장소가 자신이 있는 곳과 가까워졌다.

이에 그는 결국 그 장소를 뜰 수밖에 없었다.

"결과를 보러 가야 하는데……."

난감한 표정으로 중얼거리던 그때.

"당신이군요."

"……!"

갑자기 옆에서 들린 목소리에 고개를 돌렸고, 그는 흠칫 놀랐다.

웬 웃는 가면을 쓴 자가 자신을 보고 있었기 때문이다. 그 가면이 왠지 무서워 보여서 오줌을 지릴 뻔했다.

"누, 누구냐? 사람이면 물러가고! 귀신이라고 해도 물러가라!"

"지금 놀라신 건 나쁜 짓을 해서 놀라신 건가요? 아니면 제 모습에 놀라신 건가요?"

"……."

그는 본능적으로 검을 뽑아 그를 향해 휘둘렀다.

부웅-!

하지만 웃는 가면을 쓴 자는 가볍게 자신의 공격을 피하면서 반격해 왔다.

"윽!"

게다가 그 공격에 실린 위력은 생각보다 강력했다.

'무공 실력이 나보다 위다! 이거 득보다 실이 많겠군!'

그렇다면 방법은 하나다.

바로 삼십육계인 줄행랑.

'삼십육계 주위상(走爲上)이라고 했다! 도망쳐서 후일을 도모한다!'

팡-!

추어는 곧바로 연막탄을 터뜨렸다.

직접 개발한 연막탄으로, 사방 삼 장 안의 시야를 완벽하게 가리는 효과가 있다.

하지만 그는 몰랐다.

웃는 가면을 쓴 자가 한 명이 아니었다는 것을, 그리고 그들은 시야가 가려져 있어도 그를 잡는 데 전혀 문제가 없다는 것을.

퍽-!

"윽!"

그는 뒤통수를 얻어맞고는 그대로 기절해 버렸다.

* * *

나는 기운을 끌어 올려 주변의 연막을 걷었다.

그리고 상대를 제압한 서우 무사에게 다가갔다.

"고생하셨습니다."

"아닙니다. 당연히 해야 할 일을 했을 뿐입니다."

당연히 나 혼자 보낼 진호 형이 아니지. 그래서 진호 형이 뭐라고 하기 전에 서우 무사와 진유 무사에게 함께 가자고 했다.

두 사람이라면 충분히 도움이 될 테니까.

그리고 덕분에 이번 일의 배후를 빠르게 잡을 수 있었다.

"포박하죠."

"네."

"알겠습니다."

내 명에 두 무사는 그자를 단단히 포박했다. 그리고 입 안의 독환도 빼내고 몸 안의 모든 무기를 싹 다 수거했다.

그리고 눈을 파고, 목만 내놓고 파묻었다.

눈이 워낙 많이 쌓여 있어서 충분히 몸을 파묻을 수 있을 정도였다.

그리고,

짜악-!

뺨을 때려 정신을 차리게 만들었다.

"허억!"

"이제 정신이 좀 드시나요?"

그는 상황을 알아차린 듯 욕설을 내뱉었다.

"이런, 빌어먹을……."

"그래서, 상부가 어디죠?"

"나에게 무슨 말이 듣고 싶은 건지 모르겠지만, 나는 단 한마디도 하지 않을 것이다!"

"그렇게 하세요."

"뭐?"

"솔직히 어디서 이런 일을 시킨 건지 궁금하긴 한데…… 그래 봤자 그 상부도 상부가 있을 거니까요."

"……."

그 표정을 보니 내 말대로다.

그리고 나는 굳이 그 이상 파고들 생각이 없다.

내가 방해되면 언젠가 내 앞에 나타날 테니까.

이자를 추적하여 잡은 건, 이자로 인해 앞으로의 여정이 방해받을 것을 우려한 것이다.

"방금 상부가 어디냐고 물어본 건 그냥 분위기 잡아 본 거예요. 흐, 춥다."

나는 너스레를 떨며 말했다.

사실 조금도 춥지 않았지만 말이지.

"그럼 안녕히 계세요."

"뭐, 뭐야? 어디 가?"

"저희 갈 길 가야죠."

"나, 나는? 아니, 저는 어떻게 하라고요?"

그의 말꼬리가 길어졌다.

"아무것도 말하기 싫다는데, 그러면 꺼내 줄 명분이 없잖아요. 뭐라도 말하면 꺼내 주려고 했는데 말이죠. 안심하세요. 이 길목은 영물들이 다니는 길목은 아니거든요. 영물들에게 머리채 뜯길 일은 없을 겁니다."

나는 말을 이었다.

"물론 사람도 다니지 않죠."

"그럼 굶어 죽거나 얼어 죽으라는 거잖아!"

"무공을 익히셨잖아요? 그러니까 굶어 죽는 게 먼저 아닐까요?"

"아. 안 돼……."

"왜요?"

나는 피식 웃었다.

"당신이 북해빙궁에 하려고 했던 일을 당하려니까 억울하세요?"

"……!"

내 말에 그의 눈이 당혹감으로 물들었다.

나는 그걸 모른 체하고 손을 흔들었다.

"아무튼, 뭐 그런 겁니다. 그럼 저희는 이만."

우리가 정말 자리를 뜨려고 하자 그는 다급하게 외쳤다.

"사, 살려 줘! 마, 말할게! 물어보는 건 다 대답할 테니까 제발 살려 줘! 나는 이렇게 죽을 사람이 아니라고!"

굳이 피가 낭자한 고문을 할 필요가 없다.

똑똑한 사람일수록 자신의 상황을 잘 파악하고 있으니까 말이지.

"음, 그럼 상부는 어디죠?"

"그, 그건……."

"말 안 할 거면서 괜히 사람 붙잡지 마시죠."

그리고 미련 없다는 듯 다시 발걸음을 옮겼다.

"으아아악! 마, 말할게! 그들은 나를 만날 때 복면을 쓰고 있어서 나도 몰라! 하지만 전에 분명히 봤어! 그들은…… 그들은…… 팔 안쪽에 붉은색 나무 이파리 모양의 문신이 있었어!"

붉은색 나무 이파리 모양의 문신이라…….

무려 북해빙궁에 대한 공작을 펼친 이들이다. 그러니 위쪽에 있는 이들이라고 할 수 있었다.

그들에 대한 단서가 하나 나온 거다.

"그리고요?"

"그들은 이번 일로 북해빙궁이 무림을 혼란스럽게 하는 것을 목적으로 하는 것 같아. 그로 인해 무엇을 얻으려고 하는지는 모르지만……."

"그리고요?"

"다, 다른 건 몰라……."

"그래요? 그럼 저희는 이만 갑니다."

"아, 아니야! 죄송합니다! 아, 아는 거 있습니다!"

그렇게 몇 번 들었다 났다 하니, 그는 아주 사소한 것까지 전부 털어놓았다.

그걸 보니 아는 것을 전부 말한 듯했다.

"좋아요. 그럼 꺼내 드리세요."

내 말에 서우 무사와 진유 무사는 삽으로 그를 꺼내 주었다.

퍽!

"으악!"

"아, 미안하오."

그러다 삽으로 몸을 찍는 불상사도 있었지만. 그렇게 간신히 그는 눈 밖으로 나왔다.

"으, 으으으……."

추운지 그는 몸을 떨었다. 생각보다 눈 속이 밖보다 따뜻했을 수도 있다.

바람을 차단하는 만큼 눈 속이 더 따뜻한 법.

그러나 묻혀 있는 동안 몸이 좀 굳은 듯, 잘 움직이질 못했다.

"그럼 갑시다."

"어. 어딜 가자는 겁니까?"

"북해빙궁으로 가셔야죠?"

"야, 약속과 다르잖아! 날 풀어 준다며?"

"제가 언제요? 저는 눈 속에서 꺼내 준다고 했지, 풀어 준다고는 안 했습니다. 그럼, 갑시다. 빙궁의 제자들이 기다리고 있습니다."

내 말에 그의 안색이 파래지더니, 갑자기 도주를 감행했다.

에이, 그게 될 거라고 생각하시나.

퍽!

그는 몇 초 도망가지도 못하고 뒤로 발랑 넘어졌다.

하지만 그를 넘어트린 건 우리가 아니다.

"그래서, 이 새끼는 누구냐?"

어…….

진호 형이다.

설풍궁은 멸문하지 않았다 〈325〉

"여긴 어떻게?"

"어떻게는 무슨, 네게 뭔가 꿍꿍이가 있다는 것쯤은 네 얼굴만 봐도 안다."

"하하하."

"그래서 이 새끼는 누구냐?"

사실 진호 형이 근처에 있다는 건 알고 있었다. 나는 순순히 말했다.

"북해빙궁이 배를 곯게 만든 장본인."

"뭐?"

내 말에 진호 형의 얼굴이 험악해졌다.

"다시 말해 봐. 이 찢어 죽일 새끼가 누구라고?"

찢어 죽일 새끼라고 험한 말을 하는 것을 보니 잘못 들어서 되물은 게 아니다.

하지만 나는 착한 동생이니까, 다시 천천히 말해 주었다.

"북해빙궁의 아들과 형의 장모님과 외장조모님을 굶게 만든 장본인이야. 내가 잡았고 진술도 받았어."

빠악-!

내 대답이 끝나기 무섭게 진호 형은 그자를 향해 주먹을 내질렀다.

빠악!

뻐억!

그는 북해빙궁에 도착하기도 전에 분노한 진호 형에게 눈 오는 날 먼지 나게 맞고 있었다.

"저기, 형! 죽이면 안 되는 거 알지?"

"걱정하지 마라. 후, 네가 왜 나에게 머리를 쓰면서 힘을 배분하여 싸우라고 했는지 알 것 같다. 이런 녀석을 천천히 더 괴롭게 조져 버리라는 의미였구나."

어…… 아니, 그게 그런 의미는 아니었는데.

.

.

.

잠시 후.

우리는 반주검이 된 그자를 질질 끌고 돌아왔다.

털썩.

그리고 놀라 달려온 빙해린 앞에 그를 던져 놓았다.

"이자는 누군가요?"

"북해빙궁을 고사시키려 했던 배후입니다."

"네?"

내 말에 빙해린 소궁주가 되물었다.

"지금 압송 중인 초석이라는 자가 말했던 그 가짜 영약을 지원해 준 배후인가요?"

"그런 듯합니다. 기웃거리는 것을 우연히 발견해서 잡았습니다."

"후."

그 말에 빙해린 소궁주가 침착함을 되찾고 말했다.

"우선 감사를 표해야겠군요. 그런데 이자는 왜 이렇게 엉망인가요?"

그 물음에 진호 형이 뒷목을 긁적였다.

"아, 죄송합니다. 좀 패다 보니 그리되었습니다. 감히 제 장모님과 외장조모님, 그리고 제 부인의 이모들을 힘들게 한 자들입니다. 어찌 참고 있겠습니까?"

"……이해는 합니다. 그나저나 대단하네요. 이렇게까지 팼는데도 아직 살아 있다니요."

이에 진호 형은 코를 슥 문지르며 말했다.

"서호의 조언 덕분입니다."

나는 쓴웃음을 지었다.

그게 이걸 위한 조언은 진짜 아니었는데…….

"초석이라는 자를 데려오십시오."

그녀의 말에 제자들이 초석을 끌고 왔다.

고초가 심했는지 많이 상해 있는 몰골.

"이자가 당신이 말한 그자가 맞나요?"

빙해린의 물음에 초석은 쓰러져 있는 자를 열심히 살펴보았다.

아무래도 너무 많이 맞아서 얼굴이 상해 한눈에 알아보지 못하는 듯했다.

그래도 다행히 일치하는 부분들이 있는지, 고개를 연신 끄덕였다.

"마, 마, 맞습니다! 이자가 맞습니다! 이자가 틀림없습니다! 이자가 저를 부추기고 지원해 준 그자입니다!"

"그렇군요."

빙해린의 목소리는 담담했다. 하지만 분노까지는 감출 수 없었다.

"제 몫은 남겨 두고 패지 그러셨나요?"
"죄송합니다."
그녀가 혀를 차며 제자들에게 말했다.
"잘 치료해 주도록 해요. 북해빙궁의 처벌을 받기 전에 죽어서는 안 됩니다."
"알겠습니다."

．

．

．

밤이 깊었다.
나는 모닥불 앞에 앉아 팔갑이 불을 뒤적이는 것을 보았다.
"팔갑아."
"부르셨습니까요?"
"요즘 진유 무사에게 많이 배웠어?"
내 물음에 팔갑이 헤헤 웃으며 말했다.
"요즘 자주 칭찬을 듣습니다요."
그건 이미 알고 있다. 진유 무사가 내게도 팔갑에 대한 칭찬을 했으니까.
"요즘 제가 도련님을 모시는 기술이 많이 늘지 않았습니까요?"
"음, 그런가?"
생각해 보면 팔갑이 정말 신출귀몰하긴 했다.
항상 내 옆에 있으면서도 없는 것 같고, 없는 것 같으면서도 있으니까.

나는 피식 웃었다.

무려 살왕의 기술을 배우면서도 나를 모시는 기술이 많이 늘었다는 것을 기뻐하다니.

팔갑은 팔갑이네.

나는 흐뭇한 미소를 지으며 품에서 암혈비를 꺼냈다.

이건 팔갑에게 딱이겠지.

일전에 귀매장시의 경매 책임자가 비밀 엄수를 부탁하며, 그 대가로 준 것이다.

"이거 받아."

"응? 웬 비수입니까요?"

"선물이야. 살기를 품어도 그 살기가 드러나지 않게 해 준다고 하더라고."

"그렇습니까요?"

마음만 먹으면 완벽하게 기척을 숨길 수 있는 팔갑에게 아주 찰떡인 무기다.

안 그래도 이걸 받자마자 팔갑에게 줘야겠다는 생각이 들었으니까.

"유용하게 잘 쓰도록 해."

"감사합니다요. 역시 도련님은 최고의 주군이십니다요."

"그걸 이제 알았어?"

"이미 알고 있었습니다요. 그런데 이거 엄청 비싸 보입니다요."

"맞아. 비싸지."

"그런데 왜 도련님이 안 쓰시고……."
"그야 그 비수는 네 손에서 더 빛날 테니까."
그리고 내게는 이미 형들이 준 것과 조부님께서 주신 것까지 두 개나 있다.

며칠 후, 익숙한 건물이 보이기 시작했다.
북해빙궁의 객잔인 빙궁객잔이다.
우리가 가까이 오자 쌍생아 형제 점소이가 나와 우리를 맞이했다.
"어서 오십시오."
"빙궁 객잔입니다."
그들은 우리가 끌고 온 식량을 보며 감탄했다.
"저건 식량입니까?"
"와! 엄청납니다."
여전히 사이가 좋은 형제다.
그들의 말에 나는 씩 웃으며 고개를 끄덕였다.
"식량이 부족하다는 말에 이리 달려왔습니다. 그럼 다른 분들을 부탁드립니다."
우리는 서둘러 북해빙궁 안으로 들어가야 했으니까.
우리 일행 중에 북해빙궁 안에 들어갈 수 있는 건 나와 서향 소저뿐이었다.
나는 은무검의 주인이기 때문에, 그리고 서향 소저는 여자였으니까.
일전에 진호 형이 북해빙궁 안으로 들어갈 수 있었던

건 내 계획에 말려든 빙해린 소궁주가 궁주님께 사정을 설명하고 허락을 받았기 때문이다.

나중에 혹시 모를 일을 위해서라도 원칙을 너무 자주 어기는 건 안 되지.

"잘 다녀와. 나 대신 안부 전해 주고."

"알았어."

진호 형이 아쉬운 표정으로 나를 배웅해 주었다.

그런 우리를 보며 빙해린 소궁주가 물었다.

"뭐 하십니까?"

"네?"

"은진호 소단주께서는 안 들어가십니까?"

그 말에 진호 형이 손가락으로 자신을 가리키며 물었다.

"저도 들어갈 수 있는 겁니까?"

"그렇습니다. 일전에 말씀드렸지 않습니까? 은서호 소단주는 본 궁의 은인이고 그 가족들 역시 은인에 준하여 생각하겠다고요."

아, 그러고 보니 궁주님이 그리 말씀하셨었지.

"북해빙궁의 은인은 성별에 상관없이 출입할 수 있습니다."

그리 말하며 빙해린 소궁주는 목걸이를 건넸다.

"이걸 목에 거세요."

"감사합니다."

진호 형은 그 목걸이를 얼른 목에 걸었다.

엄청 좋아하네.

우리는 안개의 문 안으로 들어갔고, 잠시 후 북해빙궁 앞에 도착했다.

저 하얀 기와는 언제 봐도 참 신비로웠다.

일전에 혹시 하얀 칠을 한 것이냐고 물어봤더니, 전부 얼음이고 하얀 건 서리가 앉았기 때문이라고 했다.

얼음으로 만들어진 기와라니…….

역시 북해빙궁이다.

나는 즉시 빙해린 소궁주와 함께 궁주님을 뵈러 향했다.

"궁주님."

빙해린 소궁주가 자세히 고하기도 전에 안에서 궁주님의 목소리가 들려왔다.

"들어와라."

"네."

우리는 안으로 들어가 궁주님께 예를 갖춰 인사했다.

"소궁주 빙해린, 임무를 마치고 돌아왔습니다."

"소상 은서호, 북해빙궁의 궁주님을 뵙습니다."

사실, 설풍궁의 소궁주라고 멋지게 인사를 하고 싶지만 내 옆에는 진호 형이 있다.

아직 진호 형에게는 비밀이다.

"소상 은진호, 북해빙궁의 궁주님을 뵙습니다."

마지막으로 내가 서향 소저를 소개했다.

"이번에 새로 고용한 제 부관입니다."

"처음 뵙겠습니다. 곽서향입니다."

"그렇군요."

설풍궁은 멸문하지 않았다 〈333〉

북해빙궁의 궁주님은 잠시 서향 소저를 보더니 고개를 끄덕이셨다.
 왜인지 얼굴이 살짝 밝아지신 것 같은데?
 빙해린 소궁주가 말했다.
 "우선, 말씀드려야 할 것이 있습니다. 이번에 본 궁을 해하려 손을 쓴 이들을 추포하여 왔습니다."
 그 말에 궁주님의 눈이 커지더니, 몸을 일으키셨다.
 "그게 정말인가요?"
 "네."
 빙해린 소궁주는 나를 일별하며 말했다.
 "은서호 소단주의 도움이 컸습니다."
 그녀는 자초지종을 설명했다. 진호 형이 있었기에 내 부탁대로 귀매장시에 관련된 건 빼놨다.
 "……그렇게 된 것입니다."
 "그렇군요! 이 어찌 감사를 표해야 할지 모르겠군요. 식량을 가지고 와 준 것도 고마운데 흉수까지 잡아 주다니!"
 나는 포권하며 말했다.
 "당연히 해야 할 일이었습니다."
 나는 말을 이었다.
 "이번에 가지고 온 식량은 쌀과 밀 그리고 건채입니다."
 북해빙궁은 그 날씨 때문에 푸성귀가 무척 귀한 곳이지만, 식탁 위에 푸성귀가 올라가야 건강한 생활을 유지할 수 있다.
 그렇기에 주로 말린 채소라든지 나물 등을 구해서 먹는 편이다.

이번에 내가 가지고 온 건 때가 때인 만큼 주로 말린 무청이다.

내 말에 궁주가 웃으며 말했다.

"덕분에 본 궁의 위기가 빨리 해결되었네요."

그렇게까지 좋아하시기에는 좀 이릅니다만.

나는 말을 이었다.

"그런데 아뢰옵기 송구하지만, 요즘 흉년 때문에 제국이 많이 힘든 건 아시리라 생각합니다."

"알고 있습니다."

"그런 상황에서 대량의 식량을 구하고 이를 운송하는 것이 제법 어려웠습니다. 오면서 녹림들과 전투를 몇 번이나 치렀는지 모릅니다."

내 말에 진호 형이 고개를 끄덕였다.

"그리고 아시다시피 저는 상인입니다. 상인이 움직이는 건 이윤을 위해서입니다."

"그러니까, 공짜는 아니다?"

"그런 셈이죠."

"갑자기 고마운 마음이 식으려고 하네요."

"그리 말씀하셔도 어쩔 수 없습니다. 원래 세상일이 그런 거 아니겠습니까? 그리고 고맙다는 말이 꼭 필요한 세상이지만, 고맙다는 말이 배를 부르게 하지는 않습니다."

내 말에 궁주님은 크게 웃으셨다.

"맞는 말이지요. 좋습니다. 좋아요."

그녀는 잠시 생각하다가 말했다.

"이번에 그대 덕분에 번 돈 은자 이만 오천 냥에, 영약들을 얹어 주도록 하죠."

"감사합니다. 북해빙궁에 무궁한 번영이 있기를 바랍니다. 그럼 이만 물러가겠습니다."

"그렇게 하세요."

우리는 궁주님이 계신 곳에서 물러났다. 그리고 밖으로 나올 때 서향 소저에게 물었다.

"다 적어 놨습니까?"

"네."

역시 서향 소저다.

그 말을 들은 진호 형이 불만스러운 표정으로 말했다.

"서호야. 이거 좀 너무한 거 아니야? 네 형수의 어머니와 조모가 있는 곳인데……."

"알아. 그래서 싸게 받은 거야."

"응? 싸게 받은 거라고?"

"당연하지. 만약 형수님의 가족이 없었다면 두세 배는 더 받았을걸? 왜, 내가 못 했을 거 같아?"

내 물음에 진호 형은 얼른 꼬리를 내렸다.

"아, 아니…… 고맙다고."

.
.
.

저녁 식사는 따듯한 죽이 나왔다.

그간 굶었던 제자들을 위한 부드러운 특별식이다.

나 역시 이를 거절하지 않고 먹었다.

모두가 죽을 먹는데 나만 다른 것을 먹을 수는 없으니까.

그리고 처소에서 나와 잠시 걷고 있을 때였다.

어? 이 기운은······.

고개를 돌리자, 백발의 미녀가 보였다.

"궁주님을 뵙습니다."

"마침 여기서 보네요."

우연이라는 듯 말씀하셨지만, 내게 곧바로 다가오시는 것을 보면 하실 말씀이 있는 듯하다.

"식사하셨습니까?"

"오랜만에 배부르게 먹었습니다. 다시 한번 감사를 드리지요."

"너무 그러시지 않아도 됩니다. 말씀드렸듯이 공짜는 아니었으니까요."

"그렇긴 하죠."

그녀가 말을 이었다.

"우선, 성취를 축하드립니다."

역시 궁주님께서는 내 경지를 알아차리셨다. 하긴, 까마득한 경지에 계신 분이다.

알아차리지 못했을 리가 없지.

마침 나 혼자 있으니, 여기서 다시 인사를 드리는 편이 좋겠군.

나는 포권하여 고개를 숙였다.

"다시 인사드리겠습니다. 설풍궁의 소궁주 은서호, 빙

극의 주인인 북해빙궁의 궁주님을 뵙습니다."

내 인사에 궁주님이 미소 지으며 말했다.

"드디어 설풍궁에 소궁주가 세워졌군요."

"사부님의 결단 덕분입니다."

내 말에 궁주님은 고개를 저으셨다.

"그 아이를 너무 치켜세워 주느라 애쓰네요. 그 마음 약한 녀석이 결단을 내렸을 리가 없죠. 결단을 내렸다면 그 아이가 아니라 소궁주였을 겁니다."

아, 너무 잘 아시네.

나는 머쓱하게 웃었다.

"소궁주가 된 것 축하해요."

"감사드립니다."

"대대로 설풍궁에 소궁주가 정식으로 세워지면, 북해빙궁의 궁주는 선물을 하나 주는 전통이 있습니다. 혹시 원하는 것이 있나요?"

그녀의 물음에 나는 고개를 저었다.

"제가 원한다고 해도 저에게 필요하지 않을 수도 있는 것 아닙니까? 지혜로우신 궁주님께서 챙겨 주신다면 감사히 받겠습니다."

내 말에 궁주님은 피식 웃었다.

"그대는 그 아이와 확실히 다르네요."

그 아이라면, 사부님을 말씀하시는 거겠지.

"오늘 대화 즐거웠어요. 아, 그런데 그곳에는 가지 않으시나요?"

"……?"

내가 갸웃하자 궁주님이 말씀하셨다.

"설풍궁의 이들을 모신 곳이요."

아!

새로 소궁주가 된 자로서 마땅히 찾아뵈어야 하는 곳인데, 잊고 있었다.

"알려 주셔서 감사합니다."

나는 즉시 서쪽으로 향했다. 그곳에 전사한 설풍궁의 이들의 유골이 모셔져 있기 때문이다.

이전에 가 본 적이 있었기에 찾아가는 건 어렵지 않았다.

곧 설풍궁의 모습을 본떠 만든 조형물이 보였다.

나는 그곳에 다가가 정중히 포권했다.

"이렇게 또 뵙네요. 제가 이리 찾아뵌 건 제가 이번에 설풍궁의 소궁주가 되었음을 고하기 위해서입니다."

그러고는 차분히 말을 이었다.

"솔직히 잘하겠다는 약속은 드리지 못합니다. 어떻게 하는 게 잘하는 건지는 잘 모르겠거든요. 하지만 열심히 최선을 다할 건 약속드리겠습니다."

"……"

대답이 없었다. 그도 그렇겠지.

죽은 자는 말이 없으니까.

하지만 상관없다.

이는 대답을 바라고 한 것이 아니라, 내 스스로에 대한 결심을 말하는 것이니까.

"제자들의 처우도 신경 쓰죠. 그리고 확실히 배는 곯지 않게 하겠습니다."

쏴아아.

바람이 불어왔다. 그런데 그 바람 소리가 왠지 내 귓가에 다른 소리로 들려왔다.

네가 고생이 많구나. 라는 소리로.

나는 피식 웃었다.

그리고 다시 포권하며 말했다.

"아무튼, 너무 걱정하지 마세요. 이렇게 정식으로 소궁주가 세워졌으니까요. 그러니까…… 후."

나는 한숨을 내쉬며 진짜 하고 싶었던 말을 했다.

"설풍궁은 아직 멸문하지 않았습니다."

그래.

설풍궁은 멸문하지 않았다.

아직 살아 움직이고 있었고, 이번에 북해빙궁을 훌륭하게 지켜 낸 것이 그 증거였다.

그런데 문득 의아한 생각이 들었다.

아까 궁주님이 나를 찾아오신 이유가 단지 내 경지가 올라간 것을 축하하기 위해서였나?

뭔가 하실 말이 더 있었던 것 같은데…….

(은해상단 막내아들 18권에서 계속)